執務室に入ってきたラケル姫は、白いチャイナドレスを着ていた。
フェルキナは赤いチャイナドレスを着ていた。美とバストの共演である。

馬車の中から、眼鏡の爆乳娘が姿を見せた。
ヒロトの顧問官、ソルシエールである。

「ヒロト様、お気をつけて」
ミミアが情熱的な視線をぶつけてきた
エクセリスは横を向いていた。
軽くすねているのだ。

咄嗟にヒロトは騎士に向かって叫んだ。
「何をやってる！　今すぐ相一郎を離せ！」

# 高1ですが異世界で城主はじめました18

鏡 裕之

HJ文庫
913

口絵・本文イラスト　ごばん

# 目次

# 高1ですが異世界で城主はじめました

# 関連地図

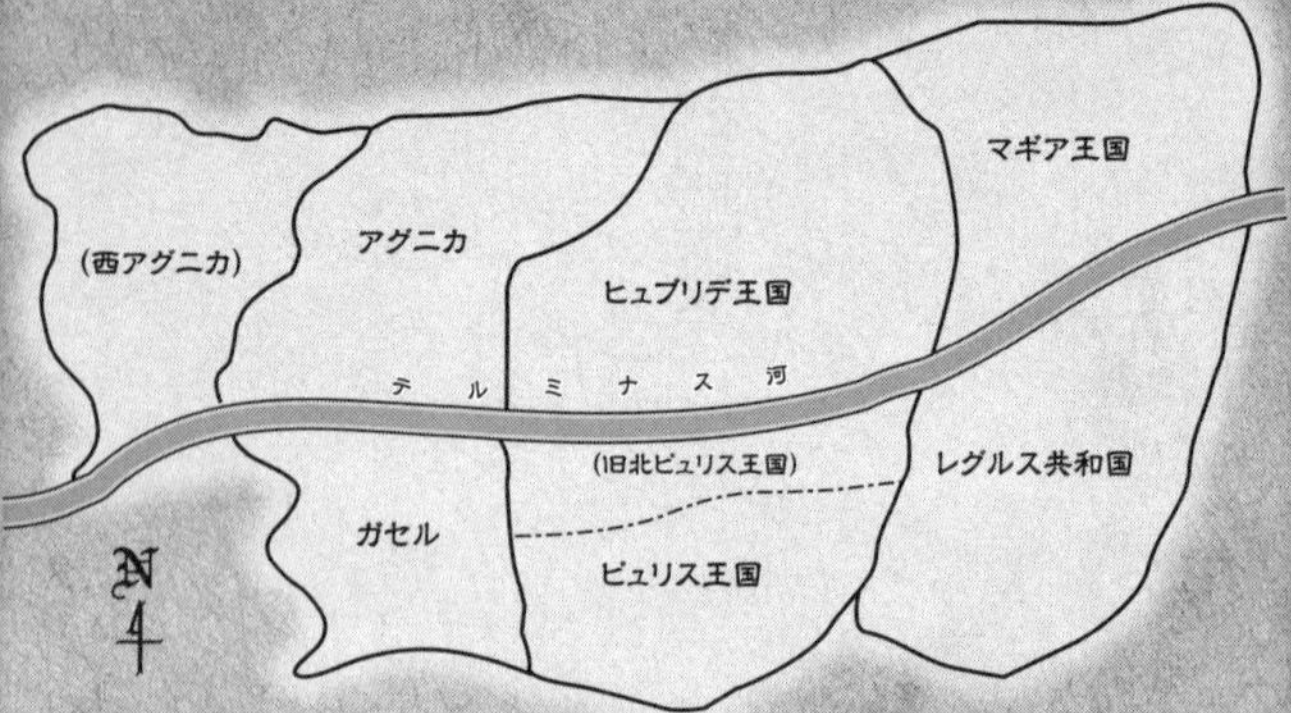


## ヒュブリデ王国

ヒロトが辺境伯を務める国。長く続く平和の中、順調に経済的発展を遂げたが、そのツケが回り始めている。

## ピュリス王国

イーシュ王が治める強国。8年前に北ピュリス王国を滅ぼし、併合した。

## マギア王国

平和を好む名君ナサール王が統治する国。50年前にヒュブリデと交戦している。

## レグルス共和国

エルフの治める国。住人はほぼ全員エルフで、学問が発達している。各国から人間の留学を受け入れている。

## アグニカ王国

ヒュブリデの同盟国。

## ガセル国

ピュリスの同盟国。

# 序章　野蛮《やばん》の王女

　マギア王国中部を占有《せんゆう》する、広大な楢《オーク》の森――。上空から見ると、緑がまるで地の世界を支配するかのように一面を覆《おお》っている。赤茶けた土は見えず、圧倒的《あっとうてき》な緑が王者のような顔をして水平線の果てまでつづいている。森が地上の支配者なのだ。その支配的な緑の中に、一区画だけ細長い長方形の赤茶けた大地がぱっくりと開けていた。

　マギア人が、訓練のために切り開いた場所だった。細長い池の中に、人工的に盛った小山がいくつか並んでいる。最初の大きなマウンドはスタート台のようだ。

　高く土を盛った出発地点に並んでいるのは、胸と背中を覆うだけの女性用のアーマーを身に着けた、小麦色の肌《はだ》と赤毛の美女たちの集団だった。細く切り立った鼻筋に大きく開いた明眸《めいぼう》――。皆《みな》、美女コンテストに出場できそうな顔だちである。アーマーに遮《さえぎ》られてバストの大きさはわからないが、スタイルは抜群《ばつぐん》だ。痩《や》せ過《す》ぎの女も、贅肉《ぜいにく》だらけの女もいない。

　女たちは手首に鋼の手甲《てっこう》をはめていた。帯剣《たいけん》はしていない。丈《たけ》の短い、幅広《はばひろ》のプリーツがいくつも連なったミニスカートを穿《は》き、臑《すね》当てのついたブーツのような靴《くつ》を履《は》いている。大きく剥《む》き出しになった褐色《かっしょく》の太腿《ふともも》が、明るい日差しに眩《まぶ》しい。そそるような、肉感的な太腿だ。

マギア王ウルセウス一世の妹、リズヴォーンが指揮する女だけの部隊――リズヴォーン隊の女たちだった。別名、美女部隊である。

「おまえら～、準備はいいな～っ！」

ざっくばらんな、あまりにも砕《くだ》けた口調とともに部隊のリーダーが姿を現した。

小麦色の胸元《むなもと》にかかるほどの黒いセミロングヘアの女だった。眉《まゆ》ははっきりしていて、目もぱっちり開いている。やんちゃで、茶目《ちゃめ》っ気《け》のある茶褐色《ちゃかっしょく》の目をしている。鼻筋は通り、唇《くちびる》は上下ともに厚い。唇の厚さは情の厚さである。

女戦士たちは皆ナイスバディぞろいだったが、その中でもリーダーのスタイルは群を抜《ぬ》いていた。ベアトップの紅《あか》いアーマーの胸が、豊大に突《つ》き出していたのだ。他の女戦士たちの胸が双丘《そうきゅう》――丘《おか》のような盛り上がり――をなしているのに対し、その女の胸は特大のメロン級の果実のふくらみを双《ふた》つ胸にくっつけたように、挑発的《ちょうはつてき》に突き出していたのである。

ミニスカートからは鍛《きた》えられた小麦色の太腿が伸《の》びていた。膝《ひざ》から下は鋼の臑当てで覆われているが、足も長い。

マギア王ウルセウス一世の妹、リズヴォーン姫《ひめ》だった。

「訓練の成果を見せる時が来たぞ～っ！　我《わ》がリズヴォーン隊の力を、見せてみろ～！」

オオッと女たちの美声が楢の森に広がった。

「ヴァネッサ、おまえから行け！」

はっ！と、赤毛のショートヘアが答えて身構えた。前方を睨《にら》む。スタート地点を出てすぐに、人工の池に並んだ飛び石、そして小山とつづき、十メートルほどの平均台につながる。平均台は池の中をカーブしながらまた次の小山につながり、高さ一メートルのハードルを並べた五十メートルの直線につづく。直線の先には池が広がっている。上からロープがぶら下がっていて、そのロープに飛びついて崖《がけ》に辿《たど》り着き、さらに崖から垂らされたロープをたぐって垂直の崖を上れば制覇《せいは》だ。

赤毛のショートヘアが走り出した。最初の飛び石は軽々とクリアーし、カーブしている平均台に挑《いど》みかかる。

平均台の幅《はば》は十センチ。直線のものであっても歩くのは難しい。それが湾曲しているとなれば――。

赤毛の女はカーブにさしかかったところでバランスを崩《くず》した。美人とは思えぬほど間抜《まぬ》けに手足をばたばたさせる。まるで下手なパントマイムである。腰抜《こしぬ》けな昆虫《こんちゆう》みたいにもがいた挙げ句、美女は池に落ちた。まるで爆弾が炸裂したみたいに大きな水音が響きわたり、派手な飛沫《しぶき》が上がった。

「だらしね〜ぞ〜っ！」

すかさずリズヴォーンが大声で突っ込む。とても王族の血が入っているとは思えない冷やかしの声である。

「次、ロクサーヌ！」

赤毛のポニーテールが低く返事して、飛び石に挑んだ。すぐに飛び石をクリアーして小山に辿り着く。順調な滑《すべ》り出しである。だが、カーブした平均台にさしかかった途端《とたん》、大《だい》渋滞《じゆうたい》に捕《つか》まった車のように減速した。それまでの快調な走りが嘘《うそ》のように、のろのろと進む。じれったいほどの動きである。湾曲《わんきよく》した平均台を一歩一歩進んで、ようやく渡《わた》り切った。一番手のヴァネッサよりも、平衡《へいこう》感覚は上だったようだ。ロクサーヌは高さ一メートルのハードルをひらりひらりと飛び越《こ》えた。その先は池――そして、池の上にぶら下がるロープである。ロクサーヌは、小山からロープに向かって跳躍《ちようやく》した。美しい肢体《したい》が舞《ま》い上がる。

手がロープをつかんだ。が――つかみきれずにロクサーヌは池に墜落《ついらく》した。これまた派

手に水飛沫《みずしぶき》が上がる。

「ばかやろ〜っ！　何やってんだ〜っ！」

とリズヴォーンが叫《さけ》ぶ。

「おまえら、見てろ〜！」

言うが早いか、スタートを切った。飛び石に挑みかかる。あっという間に飛び石を越えて小山に辿り着き、間髪《かんはつ》容れずにカーブした平均台に走り込んだ。

減速する？

いや、リズヴォーンは減速しなかった。普通《ふつう》の地面を走るような速さで一気に平均台を抜ける。

速い。並の平衡感覚ではない。一人だけ平衡感覚が飛び抜けているのだ。

リズヴォーンはそのままハードルへ向かった。高さ一メートルのハードルを、まるで現代の陸上選手のような足捌《あしさば》きで軽々とクリアーしていく。リズヴォーンは運動能力の高さを見せつけながら、小山から跳躍した。

小麦色の肢体が高々と舞った。一人だけトランポリンでジャンプしたような、高い跳躍だった。ふわっと高く身体が舞い上がり、重力と戯《たわむ》れながらリズヴォーンは両手でがっちりロープをつかんだ。ロープは手から離《はな》れなかった。身体が崖に向かう。リズヴォーンはロープから手を離して、崖から下がっているロープに飛び移った。両脚《りょうあし》を崖にかけて踏《ふ》ん張る。それから、一歩一歩、力強く崖を上って頂上に辿り着いた。

圧巻の制覇だった。一人だけ、能力が抜きんでている。秀抜《しゅうばつ》と言っていい。スタート台で女戦士たちが囃《はや》し立てた。大歓声《だいかんせい》である。大賑《おおにぎ》わいの中、リズヴォーンの後ろ側からマギア王国親衛隊のごつい男が姿を見せた。

気配に気づいてリズヴォーンが振《ふ》り返った。

「兄君よりすぐにバフラムへ戻《もど》るようにとのお達しでございます」

と親衛隊の騎士《きし》は跪《き》坐《ざ》して告げた。

「結婚《けっこん》しろっていうのか？　絶対しね〜ぞ〜！」

とリズヴォーンが突っぱねる。親衛隊の騎士は首を横に振った。

「結婚ではございません。急遽《きゅうきょ》、大使としてヒュブリデへ赴《おもむ》けとのご命令でございます。新しい王と辺境伯《へんきょうはく》に会え、そして一言、賠償《ばいしょう》問題について太い釘《くぎ》を刺《さ》してまいれと」

# 第一章　臣従礼

## 1

レオニダス王子、ヒュブリデ王に即位《そくい》す——。

即位のことを登極という。誰《だれ》もがハイドラン公爵《こうしゃく》の登極を期待していただけに、王子の登極は驚愕《きょうがく》をもって迎《むか》えられた。

国家元首の交代は国政を左右する。王国では、王が代われば国政が大きく動く。その変化は近隣《きんりん》諸国にとってプラスの時もあり、マイナスの時もある。新王の誕生は、期待と同時に新たな憂《うれ》いと不安の誕生でもある。

王が代わった国は、すぐに新王の誕生を隣国《りんごく》に知らせる。それに呼応して隣国も、親書を送ったり使節を派遣《はけん》したりする。使節を派遣する目的は、新王の情報収集である。新しい王が何を考え、どう動くつもりなのか。使節に探《さぐ》らせるのである。

即位の儀《ぎ》の日程を伝えられ、ピュリス王国もレグルス共和国もマギア王国もガセル王国もアグニカ王国も、儀式《ぎしき》への参加を伝えた。最も返事が早かったのは、南の隣国ピュリスだった。最も遅《おそ》かったのは、東の隣国、マギアだった。

2

紅く塗《ぬ》られた二頭立ての馬車が、水鳥と剣《けん》の紋章旗《もんしょう》をはためかせて王都へつながる広い通りを走っていた。紋章旗は、誇《ほこ》らしげに、そして気持ちよさそうに風に揺《ゆ》れている。フェルキナ伯爵《はくしゃく》の紋章旗である。

紋章旗は、現代と違《ちが》ってマスメディアのないこの世界では、有名人を識別するための手段だ。どんな有名人であっても、ほとんどの者は顔を知らない。マスメディアもSNSもないため、ほとんどの者は大貴族や重臣の顔を見たことがないのだ。顔を見たことがない者でも、旗を見ればその旗の持ち主が誰かを推測できる。それが紋章旗の役割である。

馬車に揺られていたのは、フェルキナ伯爵とラケル姫だった。漆黒《しっこく》のセミロングヘアにお気に入りの羽飾《はねかざ》りのついた帽子《ぼうし》をかぶっているのが、フェルキナ伯爵だった。大きな双《そう》眸《ぼう》に、少し丸みがかった鼻。知性のある、高貴な顔だちである。だが、そのボディは豊満そのものだった。赤いチャイナドレスに包まれたバストは盛大に突き出していた。金糸の刺繍《ししゆう》が鮮《あざ》やかに薔薇《ばら》の花を描《えが》いている。

そしてフェルキナの対面で白いチャイナドレスを着ているのが、亡き北ピュリス王国の王女、ラケルだった。フェイスラインで切り揃《そろ》えた黒髪《くろかみ》に褐色の肌――。黒髪と褐色の肌は、北ピュリス人の特徴《とくちよう》である。顔だちははっきりしていた。強い意思を示すかのように筋の通った美しい鼻に、切れ長の目。睫毛《まつげ》が長い。唇は上下ともに厚さが同じでふっくらしている。唇の厚さは情愛の厚さである。

白いチャイナドレスの胸は、フェルキナに負けないほど盛大に盛り上がって胸のあたりで褶曲《しゆうきよく》していた。脂肪《しぼう》と乳腺葉《にゆうせんよう》の造山運動のおかげで、胸はすばらしい爆乳となってチャイナドレスを突き上げていた。

ラケルは、即位して間もないレオニダス王から呼び出しを受けて王宮へ向かう途中《とちゆう》だった。いっしょに来るように王からの手紙に認《したた》められていたと、フェルキナが馬車で迎えに来てくれたのである。

何の用事かは、ラケルに届いた手紙にも、フェルキナに届いた手紙にも、記されていなかった。ただ、重要なことゆえ、すぐに来るようにとのことだった。

宮殿《きゆうでん》で何が自分を待ち構えているのか、ラケルにはわからない。

不安？

少し。

もし結婚のことを言い出されたらいやだなと思う。でも、フェルキナもいっしょだから、きっとそれはないだろう。

今は不安よりも期待の方が大きい。王都に行けば、ヒロト様に会える――片思いの相手に会うことができるのだ。しかも、それだけではない。ヒロト様からの手紙には、オルシアまで遠出するゆえ準備してきてほしいと記されていた。自分はヒロト様といっしょに旅ができるのだ。

「二人そろってご褒美《ほうび》をいただけるのかもしれませんね。何か役職を用意してくださっているのかも」

とフェルキナが話しかけた。ラケルははにかんだ。確かにレオニダスが即位するのにあたって、自分もフェルキナも協力した。しかし、それで何か要職をもらえるとは思えない。自分は北ピュリス人なのだ。自分を要職に就《つ》ければ、レオニダス王は北ピュリス再興を企《き》図《と》しているものとピュリスから捉《とら》えられてしまう。

役職はいらない？

そんなことはなかった。自分たち北ピュリスの王族は、亡命者の身である。このヒュブリデ王国に根を持たない者たちだ。亡命の際に資産はかなり持ち出したが、無《む》尽《じん》蔵《ぞう》にあるわけではない。また、祖国と違って、自分たち専用の領地があるわけでもない。領地があれば毎年収入が入るが、領地がなければ定期的な収入は得られない。つまり、持参した資金は減っていくだけということになる。

おまけに自分たちの境遇《きょうぐう》は、王の指図一つで決まってしまう。どれだけの援助《えんじょ》を得られるか、それは王の判断一つだということだ。それでも要職を得ることができれば、少しは根ができる。定期的に収入も得られる。自分たち王族も食べる心配が減ることになる。

「もしかすると、大貴族のことで相談があるのかもしれませんね」

とフェルキナがつづけた。

新しい王が即位すると、臣従礼というのがある。大貴族や重臣たちが新しい王に対して忠誠を誓《ちか》う儀式だ。大昔には全貴族が強制されていたが、王都まで行く負担が大きいという理由から大貴族だけが、即位して半年以内に王都まで出向いて臣従礼を行うようになった。他の中小の貴族たちは、王が地方を巡回《じゅんかい》した時に臣従礼を行うものと王令で定められている。

その臣従礼が、あまり進んでいないのだ。今のところ、すでに臣従礼を済ませたのは、王の叔父《おじ》ハイドラン公爵と大長老ユニヴェステル、宰相《さいしょう》パノプティコス、フィナス財務長官と大法官、書記長官、ヒロト、そして自分と弟のヨアヒム王子、フェルキナ伯爵、ルシニア州のリンペルド伯爵、以上十一名である。まだ残り十名ほどが臣従礼を行っていない。その中に、前王モルディアス一世を支えたベルフェゴル侯爵《こうしゃく》も、その友人ラスムス伯爵も、フェルキナの知人ルメール伯爵も入っている。

「どうすれば、大貴族たちが臣従礼を行うのか、相談したいのかも」

フェルキナの言葉に、

「方法はあるのですか？」

とラケルは尋《たず》ねた。フェルキナは首を横に振った。

「きっと他の大貴族たちが渋《しぶ》っている理由はヒロト殿《どの》でしょう。レオニダス王子を王にしたのはヒロト殿です。それゆえ、王に臣従を誓うことは、ヒロト殿に臣従を誓うも同然だと思っているのです」

3

紅い絨毯《じゅうたん》の敷《し》かれた広間だった。美しい真紅《しんく》の絨毯の先にあるのは、数段のステージ――そしてその上に設けられた玉座である。椅子《いす》の脚《あし》も背もたれも、栄誉《えいよ》と権威《けんい》の金に彩《いろど》られている。

玉座に腰掛《こしか》けているのは、紫色《むらさきいろ》のマントを羽織って王笏《おうしゃく》を手にしたさらさら金髪《きんぱつ》ヘアの青年――ヒュブリデ王国の新しい国王、レオニダス王であった。そのすぐ斜《なな》め後《うし》ろに、青いマントを羽織った高校生のような顔だちの少年が立っていた。

辺境伯兼国務卿《へんきょうはくけんこくむきょう》、ヒロトである。

堂心円高校《どうしんえんこうこう》から異世界にやってきて三年余――。国王一番の重臣にまで昇《のぼ》りつめたのであった。文字通り、国王に次ぐナンバーツーである。

ヒロトは、自分より少し年下の、大学生ほどの年齢《ねんれい》の王の後ろから、謁見《えっけん》の間を眺《なが》めた。玉座のある壇上《だんじょう》から下々の席まで下りたところに、派手な白い上衣にタイツのようなショースを穿いた大貴族が跪坐している。齢《よわい》は四十五歳《さい》から五十歳ほどか。王都に隣接《りんせつ》するクリエンティア州の州長官《しゅうちょうかん》にして大貴族、マルゴス伯爵である。

何度経験しても、慣れない光景だった。自分がレオニダス王のすぐ後ろにいて家臣たちに面しているというのが、どうも慣れない。自分はこの世界に来てまだ三年余りなのだ。大学生ならようやく最上級生、会社でいえば主任になるかどうかのレベルなのだ。その自分が、王に請《こ》われて謁見に同席――それも、王のすぐ後ろで謁見を見守るとは――。まるでキリスト教の守護天使みたいなポジションではないか。

ヒロトの目の前では、ちょうど臣従礼が行われているところだった。マルゴス伯爵は元より帽子をかぶっていなかったが、帯剣もせず、跪坐してレオニダス王の元に膝行《しっこう》した。膝で数段の段を上がる。そして、若きレオニダス王に告げた。

「陛下の家臣となることを誓います」

「一切《いっさい》留保することなく、我が家臣となることを誓うか？」

とレオニダス王が尋ねる。

「いかにも」

と答えてマルゴス伯爵は両手を組んでレオニダス王に向かって差し出した。レオニダスはヒロトに王笏を預けると、両手でマルゴス伯爵の両手を包み込んだ。

「さあ、立て、我が家臣よ」

レオニダス王の言葉にマルゴス伯爵は立ち上がった。レオニダス王は伯爵を抱擁《ほうよう》した。

「余のために、我がヒュブリデのために尽《つ》くせ」

「陛下のため、ヒュブリデのためにお尽くしいたします」

マルゴス伯爵が答える。臣従礼の終わりである。

(これでまた一人、大貴族が陛下に臣従を誓ってくれた)

少しだけ一安心である。少しだけなのは、まだ大勢《おおぜい》が残っているからだ。

レオニダス王が抱擁を解き、マルゴス伯爵は王に身体を向けたまま、後ろ向きに段を一つ一つ下がった。そしてステージを下り終えた。去り際に、ちらりとヒロトに一瞥《いちべつ》を向けた。

ヒロトはぎょっとした。

レオニダス王に恭順《きょうじゅん》と臣従を誓う従順な視線とは真逆な、敵意と軽蔑《けいべつ》に満ちた、突き刺すような視線だったのだ。まるで視線の矢、視線の剣だった。

《なぜおまえ如《ごと》きがそこにいる。おまえは気に入らぬ》

そんな怨嗟《えんさ》と怒《いか》りの声がどす黒い煙《けむり》となって吹《ふ》き出してきそうな感じだった。

面従腹背《めんじゅうふくはい》――。

そんな言葉がヒロトの頭に浮《う》かんだ。顔では従っているように見えるが、心ではまったく従っていない――。

だが、レオニダス王は気づかなかったようだ。マルゴス伯爵も一瞬《いっしゅん》殺人的な視線をちらつかせただけで、すぐに転身して謁見の間を出てしまった。だが、ヒロトにはマルゴス伯爵の視線の剣がいつまでも残った。

（あの人も、おれを嫌ってる大貴族の一人か……）

# 第二章　せめぎ合い

## 1

レオニダス王の退室に従って、ヒロトは謁見の間を出た。すぐに廊下《ろうか》を歩く。近衛兵《このえへい》たち四名が護衛のために扈従《こじゅう》する。向かう先は王の執務室《しつむしつ》だ。

レオニダス王は、ヒロトのすぐ隣《となり》に肩《かた》を並べてきた。

「マルゴスのやつ、すぐ隣のくせにのろのろしおって。リンペルドはすぐ来おったぞ」

と歩きながら文句を言う。クリエンティア州は王都エンペリアに隣接している。つまり、すぐ隣だ。だが、臣従礼を誓ったのは十二番目――かなり遅い。

対してリンペルド伯爵は、マギア国境のルシニア州の大貴族だ。マルゴスよりも王都から遠いところに住んでいる。だが、リンペルド伯爵はレオニダス王が即位して三日で駆《か》けつけた。

「ベルフェゴルもルメールも来ぬ。ブルゴールの倅も来ぬ。オゼールもルシャリアもエキユシアも来ぬ。もう一カ月だぞ？」

とレオニダス王が不満を露《あら》わにする。亡《な》き父王モルディアス一世が即位した時には、即位後一カ月で三分の二以上の大貴族が臣従礼を行った。だが、いまだ半数近くの大貴族が音沙汰《おとさた》もなしである。

「生意気なやつらめ。死刑《しけい》だ」

とレオニダス王が得意の一言を発した。死刑は王子時代からのトレードマークである。

「どうやってボコボコにします？　くっつき虫の標的にします？」

「手ぬるいわ」

とレオニダス王がはね除《の》ける。それから、急に真顔になって、

「脅《おど》したら来ると思うか？」

と尋ねてきた。

「暴言を吐《は》くぞと脅せば、ばっちりです」

「嘘つけ」

ヒロトは真顔になった。

「臣従礼が進まないのは、自分が陛下と同席しているからではありませんか？　次からは同席――」

「おれはおまえにはいてほしいのだ。それがいやだと言うやつは来なければいい」

レオニダス王の返事に、ヒロトは答えなかった。

権力とは、決して固い岩盤《がんばん》ではない。決して地震《じしん》の来ない安定した地盤《じばん》でもない。誕生期の権力は、まるで薄氷の上のように不安定だ。いつでも落下と転覆《てんぷく》の危険が潜《ひそ》んでいる。即位したからといって、王権は磐石《ばんじゃく》なわけではないのだ。生まれたばかりの王権は誕生したばかりのカブトムシに似ている。サナギから孵《かえ》ったばかりの、まだ羽根が白いカブトムシ――。黒く変色するのは少ししてからで、この白い状態が危険なのだ。免疫力《めんえきりょく》が弱く、人間が手で触《ふ》れるといとも簡単に細菌《さいきん》に感染《かんせん》して死んでしまうのである。今のレオニダス王も同じだ。

どうやって権力の基盤《きばん》を固めるか。枢密院《すうみついん》の重臣の二人、宰相パノプティコスと大長老ユニヴェステルはレオニダス支持派だが、それ以外となると怪《あや》しい。国王推薦《すいせん》会議で争ったハイドラン公爵は間違《まちが》いなく、最大の対抗《たいこう》勢力だ。そして枢密院顧問官《すうみついんこもんかん》の中には、公爵以外にも、王に対抗する勢力の一員としてフィナス財務長官がいる。大法官と書記長官は、若干《じゃっかん》公爵《こうしゃく》寄りだ。そして宮廷《きゅうてい》外では、公爵のバック、ベルフェゴル侯爵がいる。臣従礼を渋っている大貴族――ルメール伯爵や若いブルゴール伯爵――も、侯爵の一派と見ていいだろう。

レオニダス王を取り巻く状況《じょうきょう》は、決して楽観的なものではない。枢密院顧問官八名の中でも、対抗勢力に属する者が最大四名――。過半数の賛同が必要な案件が生じた時、毎回挫《くじ》かれるということになりかねない。それでは、レオニダス王とヒロトが思うような政治を行うことは難しい。対抗勢力――抵抗《ていこう》勢力――の力は削《そ》がねばならない。しかし、表立って真正面から挑めば、大貴族の大反発を喰《く》らう。反発を避《さ》けながらじわりじわりと勢力を削《そ》ぐのが望ましい。

これからが正念場だとヒロトは思った。一カ月後には、即位の儀が行われる。即位を内外に知らしめる、新しい王のパレードである。すでにピュリス、マギア、レグルス、アグニカ、ガセルからは使節を送るという返答をもらっている。

（これからは権力固めになる）

とヒロトは改めて感じた。今日の枢密院会議が終われば、ヒロトはオルシア州へ旅立つ。ヴァンパイア族――ゲゼルキア連合と北方連合に贈《おく》り物《もの》をしに行くのだ。ヴァンパイア族との関係維持《いじ》も、レオニダス王の権力固めには欠かせない。ハイドラン公爵が即位していれば関係維持も関係強化もなかったのだろうが、ヒロトとレオニダス王は、ヴァンパイア族との共存を訴《うった》えている。まずは贈り物をして、関係維持を図《はか》ることが必要だ。

その後は、帰京して外交使節に対する準備――特にマギアへの準備を進めることになる。

マギアの使節とは、レオニダス王の宿願について話し合うことになるだろう。

「おれは使節が来るのが楽しみだぞ。おれの初外交だ」

とレオニダス王が言う。

「是非《ぜひ》、使節に暴言を」

「アホたれ。最初につまずいてどうする？　叔父が喜ぶだけだぞ」

とレオニダス王が突っ込む。王の言う通りである。レオニダス王がつまずいて最も欣喜《きんき》雀躍《じゃくやく》するのは、国王推薦会議で敗れたハイドラン公爵だ。

「賠償金《ばいしょうきん》は払《はら》うと思うか？」

とレオニダス王は宿願について踏み込んできた。賠償金とは、マギア側は解決したと言い張り、ヒュブリデ側は未解決と主張している、五十年前の事件の賠償金のことである。

## 2

五十年前、ヒュブリデ王国ルシニア州長官がマギア人の狩人《かりゅうど》によって殺された。枢密院顧問官も兼務《けんむ》している大貴族だった。ヒュブリデは賠償を請求《せいきゅう》したが、マギアは事故であるとして拒否《きょひ》。ヒュブリデは軍を率いて国境を越え、両国は戦争状態に突入《とつにゅう》した。だが、疫病《えきびょう》が流行《はや》り、戦争は自然消滅《しょうめつ》。マギアは、疫病の流行は精霊《せいれい》の思《おぼ》し召《め》しであり、賠償請《ばいしょうせい》求《きゅう》が不当な証拠《しょうこ》であると主張している。対してヒュブリデは、賠償問題は未解決であるとして新しい王が即位するたびに賠償問題の解決を要求してきた。だが、本気で賠償問題の解決に乗り出した王はいない。前王モルディアス一世も、即位時に一度要求しただけである。賠償問題の解決は先延ばしにされてきたのだ。

だが、レオニダス王は、次期国王を選ぶ国王推薦会議の場で、即位してすぐにマギアとの賠償問題を片づけると宣言している。レオニダス王にとっては是非とも実現したい対外政策だ。実現できれば、王に対する批判を封《ふう》じ込めることができる。権力も固められる。だが、しくじれば大きな打撃《だげき》は免《まぬが》れない。今後のレオニダス王権の行く末を占《うらな》う上で、非常に重要な案件なのだ。それだけに、大長老ユニヴェステルと副大司教シルフェリスには説明をして、ヒロトとレオニダス王の二人が中心となって秘密裏《ひみつり》に進めている。枢密院でおおっぴらに議論するとマギアに洩《も》れて進展しなくなる惧《おそ》れがあるからだ。賠償問題に関《かか》わっているのは、ヒロトとレオニダス王以外ではフェルキナ伯爵とラケル姫とエクセリスのみである。

「マギアは、今までのように賠償を拒絶《きょぜつ》すると思います。歴代の王も、歴代の宰相も、色《いろ》好《よ》い返事をしたことは一度もありません。ウルセウス王もそうなるでしょう。レグルス時代のウルセウス王は、太っ腹な方でした？」

　とヒロトは王に聞き返した。

「あいつはけちだ。おまけに臆病《おくびょう》だ。いい顔をするわけがない。宰相のラゴスもな。ラゴスも賠償請求に前向きになったことはない。前王ナサール一世と同じようにずっと拒絶しとる」

　レオニダス王の答えに、ヒロトは口を開いた。

「まずマギアを交渉《こうしょう》のテーブルに着かせることが先決です。要求しても、向こうはまた解決済みだと宣言してきます。マギアにとって交渉のテーブルに着くことは、解決済みではないことを認めることになるんです」

「妙案《みょうあん》はあるのか？」

「平和協定の締結《ていけつ》というのが一番いいと思っています。それが一番、交渉のテーブルに着かせることができるでしょう」

　とヒロトは真面目《まじめ》な顔で答えた。

「それならテーブルに着きそうだな」

　とレオニダス王が納得《なっとく》する。

「問題はそれからです。賠償金は絶対取るんですか？」

とヒロトは改めて確認《かくにん》した。

「取る」

「マギアは払いませんよ」

「それでも取る。殺されたのはリンペルドの祖父だ。リンペルドは真っ先におれに臣従を誓いに来てくれた。少しは報《むく》いてやりたいのだ」

意外に家臣思いのところを、レオニダス王が見せる。王は、他人が思うほど傍若無人《ぼうじゃくぶじん》ではない。だが、ヒロトとしては突っ込まざるをえない。

「まさか、たくさん分捕《ぶんど》るおつもりで？」

「リンペルドの顔を立てられればそれでよい。亡き祖父に対してしっかり誠意を見せてくれたと思えるだけでよい。それで利を得ようとは思っとらん」

とレオニダス王が即答《そくとう》する。

「具体的には――」

「千ヴィントあればよい」

とレオニダス王は答えた。今の銀の価格で計算すると、一ヴィントは千五百円相当。千ヴィントは、百五十万円相当である。ただ、今の日本とヒュブリデでは物価が違うので、単純に今の百五十万円と同じというわけにはいかないが――。

「ただ分捕ろうとするだけでは無理です。差し出すものが必要です。餌《えさ》が」

「おれはくれてやりたくない」

　とレオニダス王が渋い表情を浮かべる。

「それでは賠償金は得られません」

「ウルセウスのやつはろくでもないことを言うに決まっている」

「相手が我が国《くに》にとって小さな子供のようなものなら、強制は可能です——恨《うら》みを買いますが。そうでないなら、強制は不可能です。それこそ、マギアとの問題を解決しようとしてマギアとの間に大きな問題を残すことになります」

「わかった。好きにしろ」

　とレオニダス王は折れた。

「それで、ウルセウスには何をくれてやろうと思っているのだ？」

「陛下の毒舌《どくぜつ》」

「アホゥ！」

　レオニダス王が軽く怒《おこ》る。でも、軽くである。叫んだ後に笑っている。

「おまえは本当にめちゃめちゃなことを言うな。国王推薦会議の時にも、おれに『負けよう』と言い出すし、『おまえはおれの味方か？』と聞けば、『敵です』と抜かすし、おまえはめちゃめちゃだな」

「陛下には負けます」

「おまえの方が遥《はる》かに上だ！」

とレオニダス王が叫ぶ。それから、真顔になって尋ねてきた。

「問題の餌はどうするのだ？　まさか、ヴァンパイア族をマギア上空では飛ばさぬとか言い出すつもりではあるまいな？　そんなことを言い出せば、ピュリスも『おれにも同じ協定を結ばせろ』と言ってくるぞ」

「もちろん、言いません。そもそも、ヴァンパイア族を抜いたまま、そんな議論はしませせん」

「なら、何がある？　ウルセウスが喜ぶやつがあるか？」

「ですから、陛下の毒舌」

同じ冗談《じょうだん》は通じなかった。レオニダス王は射貫《いぬ》くようにじっとヒロトの顔を注視した。

「さては思いついていないな」

「皆目《かいもく》」

「思いつけ」

「陛下の毒舌でないことだけは、はっきりしています」

「通商関係ではないこともはっきりしています。陛下は、ウルセウス王は臆病だとおっしゃいました。心配性《しんぱいしょう》の人間ならば、一番国防を考えるでしょう」

「当たり前だ」

「だが、ヴァンパイア族をマギア上空に飛ばさぬなどとは約束できん。それではマギアへの偵察《ていさつ》飛行もできなくなる」

「おっしゃる通りです。なので、一度ルシニアまで出掛《でか》けて、生き証人から直に話を聞いてこようと思っています」

「まだ当時の者が生きていたのか?」

「ご存命のようです」

ヒロトの返事にレオニダス王はぼやいた。

「おまえを温泉に連れていくのは、もっと先になりそうだな」

首都エンペリアの近くに、真っ白い石灰岩《せっかいがん》でできた王室御用達《ごようたし》の温泉があるのだ。王族しか入れないが、王族もいっしょならば王族以外の者も入れる。レオニダス王は、即位してからあそこは気持ちいいぞと何度も推《お》しているが、ヒロトが行くのは即位の儀が終わってからになりそうだ。

「マギアに行くのは、大使が来てからになるのか?」

レオニダス王はいきなり確かめてきた。

「それがいいと思っています。一応、先に探りは入れますが、大使の訪問を受けてから、自分がマギアを訪問してラゴス殿に話をします」

ラゴスはマギア王国の宰相である。

「おまえが先にマギアに行った方がいいのではないのか？」

「陛下は登位されたばかりです。マギアの使者が来る前に自分が出向いてしまっては、陛下の威《い》が損《そこ》なわれます。それに、交渉事は自分の居場所で行うのが有利です。敵地で交渉すれば、敵地に有利な状況で条約を結ばされます」

「そりゃそうだが――」

「是非にとおっしゃるのなら、今から行きましょうか？　ゲゼルキアとデスギルドに贈り物を届けてからということになりますが――」

レオニダス王が唸《うな》る。

「フェルキナを枢密院顧問官にできれば、それもできたんだが――」

とこぼした。

「やっぱり無理でした？」

「パノプティコスに探ってもらったが、やはりフェルキナを枢密院顧問官にするのは難しそうだ」

「三分の二は厳しい？」

「ユニヴェステルもいい顔をせんかったそうだ。あのハゲめ」

とまたレオニダス王が暴言を吐く。

国王推薦会議に当たっては、ラケル姫《ひめ》とフェルキナ伯爵とが尽力《じんりょく》してくれた。二人とヴァルキュリアが付き合ってくれたのが大きい。レオニダス王もそれに報いて重職を授《さず》けてやりたいと話していたのだが、枢密院顧問官についてては難しそうだ。枢密院顧問官より影《えい》響力《きょうりょく》の低い、宮廷《きゅうてい》顧問官で妥協《だきょう》するしかなさそうだ。

「あいつの親父《おやじ》と同じようにしてやりたいと思ったんだがな……」

とレオニダス王が残念そうにつづけた。フェルキナの亡き父ラレンテ伯爵は、前王モルディアス一世の枢密院顧問官だった。レオニダス王が王子時代に壺《つぼ》の件で無実の罪を着せられそうになった時、ただ一人かばってくれた人物である。

「ラケル姫は問題なさそう？」

「パノプティコスにはピュリスを刺激《しげき》すると言われた。ピュリスの大使が来る前に北ピュリスの姫を宮廷顧問官に任じれば、北ピュリスを再興するつもりかとピュリスを警戒《けいかい》させる。和議の更新《こうしん》を渋られるかもしれんと」

宰相の言う通りである。

だが、レオニダス王の地盤は脆《もろ》い。元々、王を支持してくれていた者が少なかったのだ。王を支持してくれる者の存在は、宮廷に必要だ。

「でも、二人は必要です」

「おれも二人には報いてやりたい」

「二人は王国に必要な存在です。そして、陛下にも」

とヒロトは告げた。本心だった。国王推薦会議の時、ほとんどはハイドラン公爵に味方していた。レオニダス王に味方したのはわずか。その数少ない味方が、ラケル姫とフェルキナ伯爵だったのだ。二人は何があっても、レオニダス王に必要な存在だ。

「叔父はベルフェゴルとラスムスを枢密院に入れろと言ってくるだろうな」

「間違いなく」

「先制攻撃《こうげき》で潰《つぶ》すか？」

王の言葉に、ヒロトはうなずいた。

「最初に宣言しましょう。ラケルもフェルキナも、余に臆《おく》することなく余に痛いことを何度も忠言してくれた。ゆえに二人を宮廷顧問官に任じる」

# 3

枢密院会議冒頭《ぼうとう》のレオニダス王の宣言に、早速《さっそく》反対したのはグレーの髪《かみ》を七三に分けた、長方形の顔の大貴族、フィナス財務長官だった。オレンジ色の長袖《ながそで》の上から袖《そで》の付いた水色の上衣《シュルコ》を羽織っているが、袖の内側はぱっくり手首まで開いていて、両腕《りょううで》が出ていた。下半身にはぴったりの黄色いショースを穿《は》いているが、テーブルで見えない。

「確かに王令で、宮廷顧問官を二人まで任じることは決められております。しかし、ピュリス大使がまだ到着《とうちゃく》していない中、軽率《けいそつ》ではございませぬか？　ピュリスとの関係が悪化しますぞ」

そうフィナスが言うと、

「やかましい」

レオニダス王がいらっとして、いささか甲高《かんだか》い声で言い返した。

「ピュリス大使が帰国後に叙任《じょにん》する方がよっぽど不信感を煽《あお》ります」

とヒロトは王の加勢に出た。

「叙任自体が問題だとわたしは申し上げているのです。フェルキナはかつて前王のお考えを踏《ふ》みにじってピュリスに牙《きば》を剥《む》こうとした女。そしてラケル姫は北ピュリスの姫君《ひめぎみ》。この二人を要職に就けて、ピュリスが警戒せぬと言えますか？」

とフィナスも負けてはいない。フィナスはピュリス商人とのつながりがあるので、ピュリス国の肩を持つきらいがある。

「その件については、自分がメティスに話をします」

「それで説得できるとは思えませんな。イーシュ王もきっと警戒するでしょうな。ピュリスとの関係を改善した辺境伯が、まさか関係を悪化させる案にご賛同とは、にわかに信じられませんな」

とフィナスがヒロトに当て擦《こす》る。

「やかましい！　おれはもう二人を任じると決めたのだ！　宮廷顧問官を任じるのはおれの専権事項《じこう》だぞ！」

とレオニダス王が叫《さけ》ぶ。

「陛下。わたしはそのようにすぐキレよとはお教えいたしませんでしたぞ」

かつてレオニダス王の教師を務めていたフィナスが挑発《ちょうはつ》する。レオニダス王が怒りで目を剥いた。その途端《とたん》、

「フィナス殿はかつて陛下に、昔のことを引き合いにして論敵に馬乗りせよとお教えになったので？」

ヒロトは挑発に挑発で制しにかかった。ヒロトの一撃《いちげき》で、レオニダス王の口が開いたまま止まる。家臣への暴言は口にされずに終わった。

「馬乗りとは失礼な」

とフィナスがむっとした表情を見せる。

「子供時代のことを引き合いに出して陛下を挑発するのは、家臣の仕事ではありません。そもそも、王を当て擦ったり挑発したりするのは重臣の仕事ではありません」

とヒロトはぴしゃりとやった。きれいな卵形の頭をした、ほとんど禿《は》げ頭の老人がフンと冷笑《れいしょう》を浮かべた。白髪《しらが》は、かろうじて耳の上の方に残っている。残り少ないが、代わりに白い口髭《ひげ》と顎髭《あごひげ》が生えている。

大長老ユニヴェステルだった。ヒュブリデ王国のエルフの頂点に立つ男である。ユニヴェステルは、愚《おろ》か者《もの》めがという感じの表情を浮かべていた。

「王の専権事項ということは充分《じゅうぶん》に理解しているが、ピュリスとの関係は今、我《わ》が国が最も尊重しなければならない外交問題だ。わざわざピュリスに疑心暗鬼《ぎしんあんき》を起こさせるような真似《まね》は慎《つつし》むべきだと思うが」

と紅服を流行りのボタンで留《と》めた、白髪交じりの壮年《そうねん》の髭《ひげ》の男が口を開いた。対抗勢力の親玉、ハイドラン公爵《こうしゃく》である。大貴族のフィナスに賛意を示したのだ。ヒロトは反論の口火を切った。

「即位《そくい》前、多くの方々が陛下の暴君的な未来、独裁者的な未来を憂慮されました。陛下の暴君的未来を止めるためには、陛下に物怖《ものお》じせずに直言できる者が必要です。フェルキナ伯爵《はくしゃく》もラケル姫も、王子時代の陛下に対してどれほど耳に痛いことを指摘《してき》されたか。陛下の誤りを正すという意味では、フェルキナ伯爵もラケル姫も、ともに我が王国にとって必要な存在です。そして陛下も、自分が暴君になることは望んでいらっしゃいません。それゆえに、二人を宮廷顧問官に迎《むか》え入れたいと望んでいらっしゃるのです」

「我らで充分だと思うが。わざわざフェルキナとラケル姫を叙任して、ピュリスとの関係を荒立《あらだ》てる必要はあるまい」

とハイドラン公爵が反論に出た。叙任は思《おも》い止《とど》まるべきだと言いたいらしい。ラケル姫とフェルキナ伯爵が宮廷顧問官に叙任されれば、二人とも枢密院会議に出席することになる。ハイドラン公爵は、レオニダス王に味方が増えることをどうあっても阻止《そし》したいようだ。

ヒロトも言い返した。

「ラケル姫もフェルキナ伯爵も、陛下のご即位に当たって非常に功をなした方です。宮廷顧問官の叙任は、論功行賞の側面もあります。身を挺《てい》して自分に尽くして善き方向に導いた者に褒美を与《あた》えぬのでは、陛下の許《もと》に臣民たちもまとまりません。ピュリスとの関係悪化を惧れるあまり、本来行うべき論功行賞も叙任も思い止まるというのは、本末転倒《ほんまつてんとう》です」

「だからわたしは、二人を叙任すればピュリスとの関係を悪化させ、我が国を不利な状況に導くと言っておるのだ」

とまたハイドラン公爵がしぶとく言い返す。

「悪化はいたしません。悪化するのは、大使が帰国後に叙任した場合です。その場合、隠《おん》密《みつ》に何かを進めている、自分たちを裏切るのかという最悪の印象をピュリスに与えることになります。けれども、ピュリス大使到着前に叙任してメティスに対して真っ先に手紙で伝えれば、悪化は避けられます」

「だが、疑心暗鬼を生む」

「疑心暗鬼を生むほど、ピュリスとの関係は悪い状態にはありません。我が国とピュリスとの関係は、ガセルとアグニカとの関係ではありません」

それでもハイドラン公爵が口を開いたが、先にユニヴェステルが発言していた。

「元より陛下の専権事項だ。選ばれた二人が政《まつりごと》を知らぬただの愚者《ぐしゃ》ならばともかく、そうでないのならば、反対する必要はあるまい」

幕引きの宣言だった。王の専権事項であるにもかかわらず退こうとしない公爵に対して、ついに大長老が引導を渡《わた》したのである。

反対勢力の親玉、ハイドラン公爵はもう反論しなかった。フィナスも黙《だま》っている。大法官と書記長官も黙っている。袂《たもと》の長い、白いロングドレスを着てほとんど見えないくらい細い目をした副大司教シルフェリスも黙っている。

（公爵は、抵抗は無駄《むだ》だなってあきらめたみたいだな）

ヒロトはそう思った。だが、思うのは早かった。

「では――」

公爵が次の矢を射ようと口を開いたのだ。

（ベルフェゴルたちのことを交換《こうかん》条件で持ち出すつもりだな⁉）

そう睨《にら》んだヒロトは即座《そくざ》に言い放った。

「すぐに二人を部屋に！　直ちに叙任を！」

4

執務室に入ってきたラケル姫は、白いチャイナドレスを着ていた。桜が刺繍《ししゆう》されていて、刺繍された胸が豊かに盛り上がっていた。ヒロトの姿を認めると、ぱっと瞳孔《どうこう》が大きく広がった。好きの印である。

フェルキナは赤いチャイナドレスを着ていた。胸に金糸で薔薇《ばら》の花が刺繍されていて、バストが豊かに隆起《りゅうき》している。なかなか見事な、美とバストの共演である。

「陛下よりお二人に宮廷顧問官をお願いしたいとのお達しゆえ、お呼びした。お受けするように」

と左目に眼帯を着けた、黒い長髪《ちょうはつ》の宰相パノプティコスが宣言した。ラケル姫の双眸《そうぼう》がぱっと広がり、思わず両手で口を覆《おお》った。感激のポーズである。

「謹《つつし》んでお受けいたします」

とフェルキナが頭を下げた。

「わたしでよろしいの？」

とラケル姫が聞き返す。

「おまえはおれにがみがみ言うからな」

とレオニダス王がつっけんどんに言う。どこか照れている。

「つまり、遠慮《えんりょ》なくビシバシ言ってくれとのことです。陛下はラケル姫に自分以上の暴言をご期待です」

とヒロトが言葉を継《つ》ぐと、

「誰《だれ》が暴言だ！」

即座にレオニダス王が反応した。

「今の暴言、よかったでしょ？」

ヒロトはウインクしてみせた。

「暴言すぎるぞ！　おまえは死刑だ！」

とレオニダス王が返す。

「では、陛下もごいっしょに」

「おまえ一人で行け！」

「じゃあ、じゃんけんで勝った方が」

「なんでじゃんけんせねばならんのだ！　おれは王だぞ！」

「聞いて驚《おどろ》くな。おれは陛下の家臣だぞ！」

「威張《いば》るな！」

叫びながらレオニダス王の顔が笑いで崩《くず》れた。無理矢理《むりやり》笑いで崩れさせられたという感じだった。

「家臣だぞって何だ、家臣だぞって……」

と王が笑い崩れる。

「よかったでしょ？」

「馬鹿《ばか》すぎだ」

とレオニダス王はすっかり笑顔《えがお》である。

ラケル姫は執務室の中をきょろきょろと見回していた。どこに座《すわ》ろうか考えているらしい。視線がシルフェリス副大司教と合った。

「こちらへ」

副大司教が気を利《き》かせてくれた。すぐに新しい椅子《いす》が運び込まれて、ヒロトと副大司教の間に置かれた。ラケル姫は恐《おそ》らく一番座りたかった席に腰《こし》を下ろした。ヒロトの左隣《ひだりどなり》がレオニダス王、そして右隣《みぎどなり》がラケル姫である。フェルキナは一番奥《おく》の席、書記長官の隣に腰を下ろした。

（これで役者が出揃《でそろ》った）

とヒロトは感慨《かんがい》を覚えた。ようやく、味方を増やすことができた。レオニダス王の権力安定へのスタートである。二人がいれば、ハイドラン公爵たちの抵抗勢力に少しは抗《こう》していけるだろう。

「就任早々だが、フェルキナには、港でピュリスとガセルの使節を迎え入れてもらおうと思っている」

といきなりレオニダス王が切り出した。国によって重要度は異なる。誰にどの国の使節を迎えさせるのかも、一つの外交政策だ。

「その役目、このわたくしに」

とフィナスが出しゃばる。

「おまえは港から遠いだろうが！　フェルキナは目と鼻の先だぞ！」

とレオニダス王が叫ぶ。

「されど、フェルキナ伯爵はヨアヒム殿下《でんか》を連れてヒュブリデ河を渡ろうとし、ピュリスを挑発した者。そのような者をピュリスの迎えに送るなど、不敬ではございませんか？」

とフィナスが突っ込む。

「おれは本当はヒロトを送りたいのだ！　しかし、ヒロトは忙《いそが》しいのだ！　だから、ヒロトと関係のよいフェルキナを送るのだ！　おまえはヒロトと仲が悪かろうが！」

とレオニダス王が爆発《ばくはつ》する。フィナスは沈没《ちんぼつ》した。王の指摘通りである。今日の王はなかなか冴《さ》えている。

（陛下、グッジョブ……！）

「謹んでお受けいたします」

とフェルキナが答えた。レオニダス王がつづける。

「ラケル姫には、これからヒロトといっしょにオルシア北辺まで出向いてヴァンパイア族に贈り物を届けてもらおうと思っている」

「ヴァンパイア族相手にわざわざ姫君を行かせなくてもよいのでは？」

とまたフィナスが突っ込む。相手にという言い方には、ヴァンパイア族への蔑視《べっし》が透《す》けて見える。

「愚か者。高貴な者が贈り物を渡した方がよかろうが。それとも、おまえが届けるつもりか？」

レオニダス王に話を振《ふ》られて、フィナスは沈黙《ちんもく》に沈没した。届けるのは絶対いやだったらしい。

「わたくしは一向にかまいません。名誉《めいよ》あるお仕事、喜んでお引き受けさせていただきます」

とラケル姫が宣言した。それで終わりだった。フィナスはもう突っ込んでこなかった。

これで二人ともお飾《かざ》りとして宮廷顧問官になったわけではなく、国政に関わる者として就任したことになった。初日としては上出来だ。

（よし、これでよし）

ヒロトはテーブルの下で軽く拳《こぶし》を握《にぎ》り締《し》めた。

「ピュリスとガセルについては決まりましたので、残りについて」

と宰相《さいしょう》パノプティコスが話を向けた。

「アグニカは是非、わたしに――」

と名乗り出た公爵に、

「叔父《おじ》上には絶対にアグニカを迎えさせせん」

とレオニダス王が封じる。

沈黙が走った。二人の視線がバチバチとぶつかり合う。ハイドラン公爵の亡き妻はアグニカ人で、アグニカの重臣リンドルス侯爵《こうしゃく》の姪《めい》だった。公爵はアグニカとの関係性が強い。公爵を派遣《はけん》すれば、アグニカはピュリスよりも重要な相手であるという間違ったメッセージを送ってしまう。だが、それ以前に、公爵がアグニカの使節を迎えに行って、余計なことでも取り決めをされたり、いらない企《たくら》みをされたりしたのではたまらない。そう王は思っているのだろう。そして公爵自身も、自分が得意のアグニカの使節を迎えることで存在感を示そうとしたのだろう。その両者の思惑《おもわく》が、ぶつかった。

「では、公爵にはマギアとレグルスをお願いするのはいかがでしょう？」

とヒロトは提案した。

「わたしも年だ。公爵にしていただくのがよかろう」

と大長老ユニヴェステルも同調する。同調して、二人の衝突《しょうとつ》を終わらせるつもりらしい。

（まだ粘《ねば》る？）

ヒロトは公爵の様子を窺《うかが》った。

「そういうことなら、引き受けさせていただこう。エルフの使節を迎えるのは名誉だ」

とあっさりハイドラン公爵は退いた。ヒロトにとっては意外な展開だった。数カ月前のトルカ紛争《ふんそう》の時には、公爵は自分もアグニカに同行するとアピールしまくっていたのだ。

（何か考えてる？　それとも、大長老も推薦したから？）

「では、アグニカはこのわたくしめに」

とフィナスが再びアピールした。何があっても迎えに行きたいらしい。

「なら、アグニカはおまえが行け」

とレオニダス王は命じた。それで、使節の迎えの問題は終わりだった。ヒロトは迎えに行かずに、首都エンペリアで王とともに使節の到着を待つことになる。

場が落ち着いたところで、ラケル姫が褐色《かっしょく》の顔を近づけてきた。白いチャイナドレスを押《お》しあげる胸の隆起も近づく。

「オルシアへ旅行する準備をとおっしゃったのはこういうことでしたのね」

とヒロトに囁《ささや》く。

「退屈《たいくつ》されるでしょうが、どうかご容赦《ようしゃ》を」

「退屈などしません」

とラケル姫はきっぱり即答で否定した。答えた瞳《ひとみ》に熱情がこもる。

（やっぱりラケル姫って美人……）

思わず見とれていると、ハイドラン公爵が挙手した。

「ところで、もしマギアから前王のように賠償請求を行うのかと言われた場合はどうするのだ？　請求を考えていると答えるべきなのか？　おまえは国王推薦会議で、賠償《ばいしょう》させると宣言していたな」

「それについては、陛下と慎重《しんちょう》に議論しているところです。そもそも請求を行うことができるのか、根本から調べているところです」

とヒロトは含《ふく》みを持たせた答えを返した。実際は、賠償請求へ向けて前進中である。請求前提で動いている。だが、そのことを知っているのはヒロトと王と副大司教シルフェリスと大長老ユニヴェステル、そしてラケル姫とフェルキナとエクセリスの七人である。今、知らせるわけにはいかない。

なるほど、とハイドラン公爵はうなずいた。それから、再び朗《ほが》らかな口調で切り出した。

「マギアについては了解《りょうかい》した。では、風のことについて話をしたい。新しい一員も加わったことであるし、さらに新しい風を吹《ふ》かせてはどうかと思う。人によっては古風など言われるかもしれぬが、ベルフェゴル侯爵を枢密院《すうみついん》顧問官に加えるべきだと思う」

5

来たな、とヒロトは公爵に目をやった。ラケル姫とフェルキナ伯爵の叙任で中断させたが、中断にめげずに言い出してきた。

公爵が朗らかな声でつづける。

「率直《そっちょく》に申し上げるが、辺境伯は大貴族の間で不評だ。かなり反感を買っている。そのせいで、陛下の心証が思わしくない。しかし、侯爵を枢密院顧問官に加えれば心証もよくなり、陛下の足許《あしもと》も固まろう。さらにラスムス伯爵を宮廷顧問官に任じれば磐石《ばんじゃく》となる」

ヒロトは外面似菩薩内心如夜叉《げめんじぼさつないしんにょやしゃ》という言葉を思い出した。顔こそ菩薩みたいだが、内面は夜叉のよう——。ハイドラン公爵も同じだった。表情は明るく親切から言っているように見えるが、実際は王の権力基盤《きばん》をぐちゃぐちゃに破壊《はかい》しようとしている——。

「ベルフェゴルもラスムスも入れるつもりはない」

とレオニダス王が突《つ》っぱねた。だが、それですぐに退く公爵ではない。

「臣従礼はあまり進んでおらぬと聞いている。二人を入れれば、恭順《きょうじゅん》を示す大貴族は一気に増えよう」

「勘違《かんちが》いするな。臣従礼は権利ではない。取引の道具でもない。義務だ」

とさらに冷たくレオニダス王が突っぱねる。だが、公爵は退かない。

「考えてほしい。今ここで戦が起きて課税となれば、貴族会議の承認《しょうにん》が必要となる。課税ができぬことになるぞ」

「そのような時こそ、公爵閣下がお力を発揮して大貴族の方々を説得なさる時では？」

とヒロトはやんわりと公爵を牽制《けんせい》した。レオニダス王に答弁をすべて任せていては、いずれ王が爆発するのは見えている。自分が割って入って答弁を肩代《かたが》わりし、王のストレス増大を防ごうという魂胆《こんたん》だ。

「さすがのわたしにもできることとできぬことがある」

と公爵が突っぱねる。ヒロトも、即《そく》突《つ》っぱねた。

「陛下にもできることとできぬことがあります。ベルフェゴル侯爵は、国王推薦《すいせん》会議で個人攻撃をなさいました。そのことは、ここにご列席のエルフの方々はご記憶《きおく》のはず。そのような方を枢密院顧問官に加えようとしても、到底《とうてい》エルフの方々のご賛同を得ることはできますまい」

「ならば、枢密院顧問官ではなく宮廷顧問官にすべきではないのか？」

まだ公爵が粘ろうとする。

「くどいぞ、叔父上。やらぬと言ったらやらぬ」

とレオニダス王がいらつく。

「では、わたしを処刑《しょけい》するか？」

公爵が挑発する。その瞬間《しゅんかん》、ヒロトは公爵の発言の意図が見えてしまった。

（王を怒らせて暴言を吐《は》かせて、資格問題につなげるつもりだな⁉ そのような暴言を吐くとは、王にふさわしくない、エルフはエルフ評議会を開くべきだとか言い出すつもりだな⁉）

見切ったヒロトは、王よりも早く噛《か》みついた。

「フィナス閣下にも申し上げましたが、枢密院《すうみついん》顧問官の仕事は王を挑発することではございません。閣下のお仕事はあくまでも陛下の輔弼《ほひつ》であって、挑発ではございません。お控《ひか》えください」

ハイドラン公爵はヒロトの諫言《かんげん》を軽く鼻であしらった。

「枢密院に加わって三カ月も経《た》たぬ者に言われるまでもない。わたしを見くびるでない」

わたしを見くびるでない――。

明朗さも余裕《よゆう》も欠けた、不愉快《ふゆかい》の入り交じった口調だった。その言葉、その言い方、その口調に、ヒロトは自分への反感を読み取った。

（この人は間違《まちが》いなく、永遠に陛下とおれの最大の敵でありつづける……）

# 第三章　反感

## 1

エンペリア王宮近くに、ハイドラン公爵の別邸《べってい》がある。その別邸のリビングで、二人の老いた客人が寛《くつろ》いでいた。

一人は剣山《けんざん》のように灰色の髪を生やした男だった。横長の四角形の顔で、権威《けんい》と自信を刻み込んだような顔をしている。身体つきはがっしりしていて、その上に白いシルクの上衣《プールポワン》、さらに赤いぴかぴかのコートを羽織り、白いショースを穿いていた。左手の中指には、うずらの卵ほどの大きさのサファイアを飾った指輪を嵌《は》めている。

国王推薦会議にて前王モルディアス一世を王に即位させ、宰相を務めたヒュブリデ王国の実力者、ベルフェゴル侯爵だった。

もう一人は四角い岩のようなごつい顔の男だった。ぎょろ目で、直線的な鼻筋と大きく横に広がった鼻翼《びよく》が特徴的《とくちょうてき》だ。

侯爵の一番の友人、ラスムス伯爵だった。

「閣下は今頃《いまごろ》、我々を推挙してくださっている頃《ころ》であろうな。そういうことには律儀《りちぎ》な御《お》方《かた》だ」

とベルフェゴルが太い力のある声で言う。

「そして陛下と辺境伯《へんきょうはく》に葬《ほうむ》られる」

と喜劇役者のようにラスムス伯爵がつづける。

「それも織り込み済みだ。常に我々の姿を見せつけることが肝要《かんよう》なのだ」

とベルフェゴルは力説した。ラスムス伯爵は、あまり同調している感じの表情ではない。

「まだやるのか？」

少し呆《あき》れたような調子のラスムス伯爵に、ベルフェゴルはすぐさま反論した。

「この国を二人の若造の好き放題にさせてよいというのか？　見ておれ、必ず吸血鬼《きゅうけつき》だらけになるぞ。あの化け物どもが我《わ》が物顔《ものがお》で宮殿《きゅうでん》を跋扈《ばっこ》するようになるわ。今や辺境伯はこの国の実力者だ。レオニダスへの影響力を考えれば、王国随一《ずいいち》の存在と言っていい。そしてあの男のおるところには、必ず吸血鬼が群がる。そのうち吸血鬼が問題を引き起こすぞ。我々に、否、公爵にも牙を剥こう。そして我らが屈辱《くつじょく》を味わわされる。この国はエルフと我ら大貴族の国ではなく、若造と吸血鬼の国になるのだ。それでもよいというのか？」

ラスムス伯爵は答えない。信念が強く燃え上がったのか、ベルフェゴルはさらに力説した。

「わしは国を愛しておる。この国が誤った方向へ落ちることだけは避《さ》けねばならぬ。それができるのは、我々と公爵閣下だけだ。ヒュブリデを吸血鬼の国にすることだけは阻止せねばならぬ。だが、レオニダスとあの小僧《こぞう》は必ずこの国を化け物どもの国にするぞ。馬鹿どもの好き放題にさせてはならぬのだ」

「それで、軍でも起こすのか？」

と冷めた口調でラスムス伯爵が突っ込む。

「そうなれば、あの小僧は吸血鬼に応援《おうえん》を求めるであろうな。ますますこの国が吸血鬼に牛耳《ぎゅうじ》られるというわけだ。それを衝《つ》いてやるのも面白《おもしろ》い」

とベルフェゴルは北叟笑《ほくそえ》んだ。

「だが、王にふさわしくない者というのは、必ずボロを出すものだ。出ぬのなら、ボロを出させればよい」

「何を考えている？」

ラスムス伯爵の問いに、ベルフェゴルは短く答えた。

「マギア」

2

出発前に、ヒロトはレオニダス王の寝室《しんしつ》に立ち寄った。

「贈《おく》り物《もの》は頼《たの》むぞ。どんな様子だったか聞かせろ」

「必ず」

とヒロトは答えて、それから質問をぶつけた。

「でも、自分がルシャリア、オゼール、エキュシア、ノブレシアの大貴族に会う必要はあるのでしょうか？　自分では反感を呼ぶだけだと思いますが」

ヒロトはただオルシア北辺へヴァンパイア族に挨拶《あいさつ》しに行くだけではない。道中、まだ臣従礼を行っていない大貴族も訪問することになっている。

「では、立ち寄らずに行くというのか？　それはそれで大貴族どもがすねるぞ」

とレオニダス王が反論する。

「行っても、きっと相手にされません」

「その方がまだましだ。行かねばあの者たちはすねるのだ。そしてそれを根に持ちつづける。おまえは、おれが再会を待っていると告げてこい」

ヒロトは頭を下げた。

「それから、帰京したらマギアの件を頼むぞ。あれは何としても実現したいのだ。賠償問題を片づけないことには、マギアとの間に必ず問題が起きる。必ず戦争に発展する。臆病《おくびょう》な男ほど、戦を起こすものだ」

「必ずや」

と答えて、ヒロトは寝室を出た。やはり、レオニダス王の頭には、賠償問題の解決がある。それを真っ先に片づけたいと思っている。マギアの使節が来た時に、それをどこまで片づけられるかだ。

外で待っていたフェルキナとラケル姫と合流すると、ヒロトは大使の庭に向かった。馬車が待ってくれているはずだ。もちろん、いっしょに行くヴァルキュリアも——。

ラケル姫は、心なしか表情が弾《はず》んでいた。頬が上気していて、気がつくとずっとヒロトを見ている。宮廷顧問官《こもんかん》に任じられた高揚《こうよう》とヒロトへの思いが溢《あふ》れだしそうになっているのかもしれない。

フェルキナは冷静な表情だった。

「このたびの名誉、きっと閣下の力強いご推薦があったものと思っております。感謝申し上げます」

とヒロトに軽く頭を下げた。このたびの名誉とは、宮廷《きゅうてい》顧問官に任じられたことである。

「王が一番に言い出したことなんだ。『二人には恩義がある、ちゃんと宮廷に迎えてやりたい』って」

とヒロトは答える。もちろん、ヒロトも二人の宮廷入りを望んでいたのだが、いちいちそれを明らかにしてマウントする趣味《しゅみ》はない。恩に着せるのはマウントの一つだが、マウントは人間関係をよくはしないのである。むしろ、中長期的には確実にマイナスに働く。

「公爵はベルフェゴルを加えたいみたいですね」

とフェルキナが囁いてきた。

「陛下の意を挫《くじ》きたいんだと思う」

とヒロトも小声で返す。

「屈《くつ》してはなりません」

「屈するつもりはないよ」

フェルキナがうなずく。それから、いっそう声を潜《ひそ》めて話題を転じてきた。

「それでマギアの件は？」

マギアの件とは、賠償《ばいしょう》問題のことである。

「進めてる」

「探《さぐ》りを入れましょうか？　懇意《こんい》の商人がおります」

「こちらが賠償請求《せいきゅう》するつもりだってことは、絶対匂《にお》わさないで。勘《かん》づかれたら、がちがちに固められて失敗する。使節が来た時に切り出して、いい方向に持っていきたいんだ」

フェルキナはうなずいた。

「はっきりおっしゃった方がヒロト様らしいのでは……？」

とラケル姫《ひめ》が小声で指摘する。

「レグルス時代、陛下はウルセウス王にこうおっしゃったそうです。ヴァンパイア族を使って賠償金《ばいしょうきん》をせしめてやろうかな、と」

フェルキナの暴露《ばくろ》にラケル姫が沈黙する。ヒロトも沈黙した。その話は初耳だった。レグルス時代のレオニダス王がやんちゃだったことは知っているが、やんちゃすぎる。

「暴露すれば警戒《けいかい》されます。使節に直接話をぶつけて、きっちりと意図を説明された方が得策です。それまで秘密厳守で」

フェルキナの言葉に、ラケル姫はうなずいた。

廊下《ろうか》の先、左手に明るい日差しが見えてきた。馬車が周回できるほどのぽっかりと開いた空間が広がっている。その空間に、小さな車寄せが突き出している。大使などの外国の要人が出発・到着《とうちゃく》する、大使の庭である。

すでにヒロトの馬車が用意されていて、二人の美女が待っていた。

一人は白いパフスリーブの上からオリーブ色のワンピースを着た娘《むすめ》だった。ワンピースの胸元《むなもと》はちょうど乳房《ちぶさ》の下に来ているので、否応《いやおう》なしにバストが強調されている。ミディアム丈《たけ》の金髪碧眼《きんぱつへきがん》の少女だった。ミイラ族の娘にしてヒロトの世話係、ミミアである。

もう一人は金の刺繍を施《ほどこ》した紺色《こんいろ》のチャイナドレスを身に着け、後《うし》ろ髪《がみ》をアップにまとめた金髪女性だった。耳が大きく尖《とが》っていて、大人びた顔だちをしている。かつてサラブリア州副長官《しゅうふくちょうかん》を務め、今はヒロトの専属書記官をこなすエルフのエクセリスだった。二人が見送りに来てくれたのだ。

馬車の中から、眼鏡の爆乳娘が姿を見せた。ネカ城城主の娘にしてヒロトの顧問官、ソルシエールである。ソルシエールは豊大に迫《せ》り出した爆乳にぴったり張りついた水色の上衣《ブリオー》を着ていた。袂が非常に大きく垂れていて、上流階級のような雰囲気《ふんいき》である。同じ水色のスカートは足首までを覆っていた。おめかしをしているのは、オルシアまで旅をするからである。ゲゼルキア連合と北方連合に贈り物を届けるのが任務だ。今回のオルシア行きには、ミミアとエクセリスは同行しない。宮殿でお留守番である。

「じゃあ、ピュリスの出迎《でむか》えもあって大変だと思うけど、もろもろよろしく」

とヒロトはフェルキナに囁いた。

「もろもろご期待を」

とフェルキナも答える。

「ヒロト様、お気をつけて」

ミミアが情熱的な視線をぶつけてきた。

「ありがとう」

とヒロトはミミアを抱擁《ほうよう》した。やわらかい身体、ムチムチのオッパイが胸に弾《はじ》ける。しばらくこの姿を見られないんだなと思う。いつも旅行時はミミアを帯同していたので、これだけ長時間ミミアと離《はな》れ離《ばな》れになるのは初めてだ。次に会うのは二週間後である。

(やっぱりミミアを連れて行くことにしておけばよかった?)

一瞬《いっしゅん》思ったが、ヒロトは迷いを拒絶《きょぜつ》した。ミミアがいなくなると、エクセリスは誰も知り合いがいなくなってしまう。さすがにそれはまずいと、ミミアに残ってもらうことにしたのだ。

エクセリスは横を向いていた。本当はソルシエールの代わりに自分を連れていってほしかったに違《ちが》いない。それで軽くすねているのだ。

ヒロトはミミアへの抱擁を解いて、エクセリスを抱擁した。やわらかい大人の魅力《みりょく》たっぷりの豊満な肢体《したい》が、ヒロトの身体に密着する。甘《あま》い香《かお》りが香った。

「すぐ帰ってくるから」

「馬鹿」

とエクセリスはそっぽを向いたまま胸を押しつけた。年上の豊満な双球《そうきゅう》がひしゃげて、ヒロトはゾクッと身体をふるわせた。エクセリスの身体は、あなたとずっといたいと言っているようだ。

「ヒロト、さっさと行くぞ～」

馬車の中からヴァルキュリアが声を掛《か》けた。一足先に乗り込んでいる。もう二人と別れなければならない。

ヒロトはエクセリスと別れて馬車に乗り込んだ。ラケル姫とソルシエールもつづき、扉《とびら》が閉まった。ヒロトの右隣はヴァルキュリア、真正面がラケル姫、その隣《となり》がソルシエールである。

馬車が走り出した。ヒロトは、フェルキナとミミア、そしてエクセリスに手を振った。すぐに馬車は三人が見えない角度へと移動し、そして大使の庭を出て宮殿を抜《ぬ》けて、正門をくぐった。護衛の騎士《きし》に先導されて、大通りに出る。

いよいよだな、とヒロトは思った。王が即位して以来、都を離れるのは初めてだ。心配がないわけではないが、ヴァンパイア族との関係維持《いじ》はヒロトの領分である。他の誰かに任せるわけにはいかない。

贈り物、喜んでくれるといいけどな、とヒロトは思った。レオニダス王とも色々と相談をして決めたのだ。

「ヒロト、お酒飲むか？」

とヴァルキュリアが誘《さそ》ってきた。ヒロトの恋人《こいびと》は、すっかりピクニック気分である。

「飲まないって」

「林檎《りんご》、食うか？」

「林檎は食べる」

「いつもミミアが剥《む》いてくれるけど、今日はミミアがいないからな」

とヴァルキュリアが林檎と包丁を取り出す。

「わたしがやります」

とソルシエールが手を伸《の》ばす。

「いいって。こう見えて林檎を剥くのは得意なんだぞ。キュレレよりずっと上手《うま》いぞ」

と器用にくるくると林檎を回して皮を剥いていく。最後に四分割《ぶんかつ》して、全員に配った。

ヒロトはすぐに齧《かじ》りついた。酸味が際立《きわだ》っているが、甘みもしっかりある。

「どうだ、美味《うま》いか？」

とヴァルキュリアがヒロトの顔を引き寄せて胸に押しつけた。ヒロトはふがふがと答えた。

「じゃあ、こっちは？」

「美味《おい》しい」

3

ヒロトが出て行った後、レオニダスは寝室のベッドに寝転《ねころ》がっていた。

即位《そくい》する前から、そして即位してからずっと、ヒロトとはいっしょだった。しょっちゅう昼食も夕食もともにしてきた。ヒロトといると楽しいのだ。女といると気持ちいいが、ヒロトといると、女といるよりも楽しい。毒舌《どくぜつ》を吐いてもたしなめられないし、何より、ヒロトが冗談《じょうだん》で返して楽しませてくれる。ヒロトには何を言っても大丈夫《だいじょうぶ》という安心があるので、なんでも言える。おかげで常に気持ちよく、本音でヒロトと仕事ができる。ヒロトは生まれて初めてできた心から通じ合える相手、本当に自分を評価してくれる相手だ。

そのヒロトが――いなくなった。

「つまらん」

レオニダスはつぶやいた。

「帰ってこい。死刑《しけい》だ」

またつぶやく。もちろん、聞いている者はいない。

ヒロトがいると、自分か何かやばいことを言ったとしてもヒロトが止めてくれる、ヒロトが自分の真意を説明してくれるという安心感がある。

行かせるべきではなかった？

まさか。ヒロトは一番ヴァンパイア族に顔が利くのだ。ヒロトが行くのが一番望ましい。

（マギアの話は帰ってからだ）

レオニダスは、レグルス時代に数年間いっしょに過ごしたウルセウスの顔を思《おも》い浮《う》かべた。

でかい男だった。身長は一九〇センチ。王をやるより、親衛隊をやっている方がよさそうな体格の男だった。だが、その中身は小心だった。ヴァンパイア族がピュリスを打ち破ったと聞いた時の、あのショックを受けた顔は忘れられない。

《空の襲撃《しゅうげき》に抗しうるものはありません。閣下、ヒュブリデは無敵になるのでは……？

本格的にピュリスとヒュブリデは戦争になるのでは……？》

そう最高執政官《しっせい》コグニタスに執拗《しつよう》に尋《たず》ねていたウルセウスの横顔を忘れることができな

い。

（あいつは小心者だ。必ずろくでもないことをする。その前に、賠償問題を片づけねば、我《わ》が国《くに》が攻撃《こうげき》される）

4

クリエンティア州の大貴族マルゴスは、宮殿の一室から辺境伯の馬車が出発していくのを見送ったところだった。護衛の騎兵《きへい》が前後にそれぞれ四騎《き》、合計八騎も扈従している。たかが二十歳《はたち》にも満たない若造にだ。

（偉《えら》そうにしおって）

とマルゴスは憎々《にくにく》しげに唾《つば》を吐いた。

臣従礼は、正直反吐《へど》が出るほどだった。噂《うわさ》は聞いていたのだ。まるで守護神のように王の後ろに生意気な小僧が立っている――。

その通りだった。

王は自分より若い男を同席させていた。三年ほど前にこの世界にやってきた唐変木《とうへんぼく》。ただ吸血鬼の女と仲良くなっただけで州長官《しゅうちょうかん》から辺境伯、さらに枢密院顧問官にのしあがり、国を牛耳るようになった男――。今ではあの小僧がヒュブリデ王国のナンバーツーだ。

レオニダス王に臣従礼を行うだけならば、まだ我慢《がまん》できる。だが、あの小僧は許せぬ。まるで王の後見人であるかのように、あるいは摂政《せっしょう》でもあるかのように、王の後ろに立って、ずっと自分の臣従礼を見守っていた。なんて偉そうにと思う。自分はあの若造に頭を下げるのではない。王にだけ頭を下げるのだ。それも衷心《ちゅうしん》からではなく、義務として。だが、まるで小僧に頭を下げているような気がして、むかむかしてならなかった。退出間際《まぎわ》に睨《にら》みつけると、小僧は驚いた様子だったが――。

正直、世も末だと思う。我が国は終わりだ。ヒュブリデの先は長くない。

（あの男がおる限り、この国はよくはならん）

5

大長老ユニヴェステルは、自室から宰相パノプティコスとともに辺境伯の馬車を見送ったところだった。

即位して一カ月。

臣従礼の進み具合がよろしくないことを除けば、国は安泰《あんたい》と言える。レオニダス王は、いつもヒロトをそばに置いている。昼食も夕食もよくいっしょに摂《と》っている。まるで実の兄弟のようである。枢密院会議でも、王のすぐ隣はヒロトである。レオニダス王は時折「何だと！」と甲高《かんだか》い叫《さけ》び声《ごえ》を上げているが、ヒロトが丁寧《ていねい》に説明するとたいていおとなしくなる。レオニダス王は本当に心からヒロトを頼《たよ》りにしているようだ。臣従礼にもヒロトを同席させているほどなのだから。

レオニダス王の口の悪さは直ったわけではないが——一生直るまいが——今のところ問題を起こしてはいない。心配は杞憂《きゆう》に終わっている。大長老としては、国王推薦会議でレオニダスを王に推挙した面目《めんぼく》は保たれている。そこはユニヴェステルもほっとしているところだ。

だが、懸念《けねん》がないわけではない。最初の山場は外交使節——マギアとの賠償問題だろう。ヒロトとレオニダス王の間で進めているようだが、果たしてうまくいくか。うまくいってもらわねば困るが、一筋縄《ひとすじなわ》ではいくまい。

「しばらく会議が騒《さわ》がしくなりますな」

とパノプティコスがつぶやいた。

「不満か？」

とユニヴェステルは返した。

「ヴァンパイア族への挨拶は後回しにすべきです。今は足元を固めるべき時であって、国務卿《きょう》が遠出をするべき時ではありません。わたしは公爵《こうしゃく》閣下を信用しておりませんので」

と顔色一つ変えずにパノプティコスが答える。

「それはわしも同じだ。あの男は必ず何かやるぞ」

6

ハイドランは、王宮そばの別邸に戻《もど》ってきたところだった。オーバルフレームの眼鏡を掛けた細身の女執事《しつじ》、ウニカが出迎えてくれた。

「侯爵も伯爵《はくしゃく》もお待ちかねです」

「二人には申し訳ないことをした。顔向けができぬ」

とハイドランは答えた。

「閣下はできる限りのことをなさったのです。力の鞭《むち》が届く範囲《はんい》は限られております」

とウニカが答える。ハイドランはマントを預けてリビングへ向かった。

枢密院会議に出席するたびに、心がつらくなる。特にレオニダスを、レオニダスの座席を見るたびに、悔《くや》しさと理不尽《りふじん》さとに心が圧迫《あっぱく》され、引き裂《さ》かれそうになる。

（あの席は、本来自分が座《すわ》るべきものだったのだ。なのに――）

そう心の声が悲痛な叫び声を繰《く》り返すのだ。人は他人から苦しめられるよりも、自分の心によって苦しめられるのである。

そうわかっていても、あの席は……という気持ちを抑《おさ》えきれない。あの席には自分がいるはずだった。自分がふさわしかったのだ。なのに、なぜ自分より二十歳も若い甥《おい》っ子が座っているのだ？　あの男が王にふさわしい？　笑止《しょうし》！　死刑、死刑を連発し、ずっと女と入り浸《びた》っていた男だぞ⁉　そのどこが王にふさわしいのだ⁉　ふさわしいのは、このわたしだ！　かつてモルディアスと覇《は》を競《きそ》い、その後も王国を支え、そして王族を四十年以上つづけてきたこのわたしではないか！　なのに、なぜあの男が王の席に座っているのだ⁉　あの男は本当は負けていたのだ！　あの小僧が余計なことをしなければ――！

辺境伯が最終対論でどのような申し開きをしたのかは、すべて聞いている。ベルフェゴルからは聞き出せなかったが、ラスムスからは聞くことができた。ラスムスは、ベルフェゴルから話を聞いていたのである。

国王推薦会議は、三つのパートで成り立っている。国王候補者に対してエルフが質問する御審問《ごしんもん》。候補者を推薦した者たちが行う推薦人《すいせんにん》演説。そして推薦人同士が激論を戦わせる最終対論――。ヒロトは最終対論の場において、御審問でのハイドランの答弁を問題にしたのだ。

《御審問の緊張《きんちょう》に打ち勝てぬ方に、御審問で逃《に》げの手を打ってしまった方に、果たして国の危機において重要な決断を行う力は期待できるのでしょうか？》

憎《にく》らしき男――。あの男さえいなければ、自分はぎりぎり逃げ果《おお》せて王になっていたはずなのだ。あの男さえいなければ――。

今のところ、レオニダスは暴言を吐きながらも大きな問題を起こしていない。だが、いずれボロが出る。あの小僧が無理矢理《むりやり》王にさせたのだ。王にふさわしくない者は必ずその本性《ほんしょう》を剥き出しにする。半年以内に、あの男は自分が王にふさわしくない証拠《しょうこ》をさらけ出すことになるだろう。そしてあの小僧もまた――。

リビングに入る前、ハイドランは亡父の教えを――家訓を思い出した。いついかなる時も、高貴なる者は余裕を持て。

ハイドランは笑顔《えがお》をつくってリビングに入った。立ち上がって出迎えたのは、この国の二人の重鎮《じゅうちん》、ベルフェゴル侯爵《こうしゃく》とラスムス伯爵だった。

「お二人にはお詫《わ》びをせねばならぬ。力足らず――」

と謝罪を始めたハイドランに、

「いやいや、予想されたこと。敗北の決まった戦いを挑《いど》んでくださったことに、感謝しかございません」

とベルフェゴル侯爵がハイドランの手を握《にぎ》って労をねぎらう。年齢《ねんれい》で言えば、ベルフェゴル侯爵の方が上。そして政治の経験も侯爵の方が上だが、血はハイドランの方が高貴だ。侯爵は王族の自分を立ててくれる。あくまでも公爵が上で主役、ベルフェゴル自身は脇役《わきやく》という態度を見せてくれる。

「辺境伯には一蹴《いっしゅう》されましたか？」

とラスムス伯爵が尋ねる。辺境伯の生意気な言葉が蘇《よみがえ》って、ハイドランは答えなかった。あの男のことは、あまり思い出したくない。

「まだレオニダスめはボロを出しませんか？」

とベルフェゴルが質問を向けてきた。この質問なら、答えやすい。

「まだだ。相変わらず、死刑だのやかましいだの、汚《きたな》い言葉を口にしておる。今日なぞは、ラケルとフェルキナを宮廷顧問官に任じると言い出しおった。ピュリスを刺激《しげき》すると反対したが、聞く耳持たずだ」

「閣下。お喜びください。ボロを出しましたぞ。ピュリスにチクってやれば、どうなりますかな？」

とベルフェゴルが笑う。すかさずラスムス伯爵が冷水を浴びせた。

「やめておいた方がいい。辺境伯はメティス将軍と太いつながりを持っている。あの男なら、先に自分から言う。仮に今言えなくても、自らピュリスに赴《おもむ》いて説明するだろう。ラケル姫とフェルキナがどれだけ即位に功績があったのか、その人間に信賞必罰《しんしょうひつばつ》を与《あた》えなければどれだけ人の道に悖《もと》るのか、そして信賞必罰を行わない王がどれだけ信頼《しんらい》に値せぬか、しっかり説明して誤解を解くはずだ」

「ならば、マギアで揺《ゆ》さぶってやればよい」

とベルフェゴル侯爵が面白いことを言い出した。

「マギア？」

とハイドランは聞き返した。

「お忘れですかな？　レオニダスめは、即位してすぐにマギアの賠償《ばいしょう》問題を蒸《む》し返すと宣言しおった。まだ動いてはおらぬようですが、事前にレグルスとマギアに教えてやれば、どうなるか」

ベルフェゴル侯爵の提案にハイドランは黙《だま》った。

（マギアとレグルスに……）

マギア王ウルセウス一世は、賠償問題は片づいたという考えの持ち主だ。そしてその考えを、レグルス共和国も支持している。そこへ、レオニダスが賠償問題を蒸し返そうとしているという証拠が来れば――。

大波乱は免《まぬが》れまい。マギア王ウルセウス一世は激怒《げきど》、レグルス共和国の最高執政官コグニタスも同調し、ヒュブリデは両国から非難を浴びるだろう。賠償問題については応じられないとウルセウス王は突っぱね、最高執政官コグニタスも賠償問題の蒸し返しは許されないとレオニダスに対して強行に迫《せま》るだろう。外交的に、レオニダスは厳しい局面に立たされることになる。

（それならば、レオニダスが退位させられるか？　わたしが即位できる日が近くなるか？）

そこまではわからない。だが、レオニダスと辺境伯の両脚《りょうあし》を挫くことはできる。主導権を若造から自分たちの許に引き寄せられるかもしれない。

「命懸《いのちが》けになるぞ。国王推薦会議での候補者の答弁を外国の者に洩《も》らすことは許されておらん」

とラスムス伯爵が忠告する。

「覚悟《かくご》はいるな。だが、覚悟した分の果実は得られるぞ。ウルセウスとコグニタスに直接使者を送ってやれば、どうなる？」

「二人が本気にすると思うのか？」

とラスムス伯爵が冷水を浴びせる。ベルフェゴル侯爵は不敵な笑《え》みで返した。

「匿名《とくめい》の手紙ならば、本気にはすまいな。探りを入れる程度であろう。だが、わしが使者を派遣《はけん》すればどうなる？」

「おまえは策士として悪名が高すぎる」

「では、公爵閣下ならば？」

（わたしならば――!?）

心臓が激しく音を立てた。ラスムス伯爵が黙った。

匿名の手紙ならば、慎重《しんちょう》かつ賢明《けんめい》なコグニタスはすぐに行動は起こすまい。確認《かくにん》を入れさせるだけだろう。だが、ハイドラン自身が使者を送れば――

ウルセウスもコグニタスも本気で受け取り、行動を起こすだろう。レオニダスと辺境伯を牽制《けんせい》に来るのは間違いない。近々訪《おとず》れる外交使節は、賠償請求は認められないと宣言するだろう。レオニダスはマギアとレグルスの非難の矢面《やおもて》に立たされる。さすがのエルフたちも折れて、賠償請求を放棄《ほうき》するように二人に促《うなが》すだろう。そこでごねれば、レオニダスは王としての評価を著《いちじる》しく落とすことになる。そして恐《おそ》らく、そんなレオニダスの手綱《たづな》を、辺境伯は握れない。仮にレオニダスがごねずとも、レオニダスは出だしで大きくつまずくことになる。

ただ――。

（もしレオニダスにバレれば、わたしの政治的生命は完全に消えることになる）

王族ゆえに処刑《しょけい》はなかろうが、ずっと幽閉《ゆうへい》されつづけるかもしれない。それでもよいのか？

ベルフェゴル侯爵が、ハイドランに顔を向けた。

「閣下。時間はございませんぞ。猶予《ゆうよ》は各国が我が国に使者を派遣するまでです。ウルセウスとコグニタスがすでに使者を派遣した後では、レオニダスめを揺さぶれません。二人が使者を派遣する前に、閣下が使者を派遣して手紙を届けねばなりません。早ければ早いほど、事は成就《じょうじゅ》します。手紙を送らなければ、レオニダスを揺さぶる最大にして最高の好機は失われ、レオニダスは王の地盤《じばん》を固めていくことになりましょう。つまり、この国は永遠に愚《おろ》かな二人の若造のものになるということです。どうなさいますか？」

と威圧《いあつ》感たっぷりにハイドランに迫る。

ハイドランは王族。立場はハイドランの方が上――。それでも、侯爵は迫力《はくりょく》たっぷりだった。何十年も政治の世界で生きてきた凄味《すごみ》が、目から滲《にじ》み出ていた。

（どうする？）

ハイドランは自問した。

こういう時に亡妻がいてくれればと思うが、妻のテルミアは数年前に墓石の下の人となっている。

「何分、突然《とつぜん》のことゆえ、ウニカにも――」

「他言は一切《いっさい》無用ですぞ。もちろん、執事にも――。このたびのこと、知っているのはこの場にいる三人のみ。もし三人以外に知られることがあれば、必ずやレオニダスの耳に届きましょう。それがどういうことを意味するかは――」

侯爵が仄《ほの》めかす意味は、ハイドランにもわかっていた。永遠の失脚《しっきゃく》。政治的生命の終了《しゅうりょう》。

レオニダスは、生きている限り決して自分を許すまい。

それでも自分は賭《か》けるのか？

決められぬ。

では、この好機を逃《のが》すのか？　逸機《いっき》して、今後、レオニダスに協力をつづけるのか？

レオニダスのケツを見つづけるのか？

否だ。自分にも矜持《きょうじ》というものがある。年上という矜持が、王族という矜持が――。

だが――。

（いきなりだぞ。いきなり話を持ちかけられて、それで今すぐ決めよなど、無理だ）

退きかけた途端《とたん》、ヒロトの指摘《してき》が蘇った。

《御審問の緊張に打ち勝てぬ方に、御審問で逃げの手を打ってしまった方に、果たして国

の危機において重要な決断を行う力は期待できるのでしょうか？》

その途端、

（わたしは逃げるような男ではない！　わたしこそが王なのだ！）

感情の底から、自負の底から、憤慨《ふんがい》が起きた。その怒《いか》りに、エルフから落とされた怒りが重なった。

エルフがレオニダスを選んだ？

あれは間違《まちが》っていたのだ。いずれ、間違っていたとわかる。いや、間違っていたとわからせねばならぬ。

その怒りに義憤《ぎふん》が重なった。レオニダスは間違ったことをしようとしている。この国の
道を誤らせようとしている。王族として、

「今すぐはお決めになれませぬか？　ならば、この話はなかったことにするしかございません。このようなことは即決《そっけつ》でなければうまくいきません。日にちをおけば、必ず誰《だれ》かの耳に洩れるもの。身の破滅《はめつ》につながります」

と侯爵が幕引きにかかった。

「わたしを見くびるでない。すぐに密使を派遣しよう」

明らかにラスムス伯爵が驚《おどろ》いた表情を見せた。立ち消えになるものとばかり思っていた

らしい。

（わたしは決断できぬ男ではないのだ）

ベルフェゴル侯爵は、満足そうに目を細めて笑みを浮かべていた。

「よくご決断なさいました。閣下は幸運の女神《めがみ》の後ろ髪を見事におつかみなさいました。それでこそ閣下です」

とハイドランを褒《ほ》めたたえる。お世辞であろうが、気分は悪くない。

「本当によろしいのか？　わたしはお勧《すす》めせぬが――」

とラスムス伯爵がやんわりと忠告するが、ハイドランは突《つ》っぱねた。

「この国を過《あやま》たせてはならぬ。それが今しかできぬというのなら――そしてそれができるのがこのわたしだけだというのなら――わたしは喜んで、この国を正そう」

# 第四章　馬車の思い

## 1

一時間後、漆黒《しっこく》のマントを羽織った二人の騎士が馬に跨《また》がって、ベルフェゴル邸《てい》を出ていった。その後を、距離《きょり》を置いて二人の男が追いかけていく。宰相《さいしょう》パノプティコスの密偵《みってい》である。

黒マントの二人は旅館に入った。馬車の停車場と馬の停車場が別の建物になっている屋《や》敷《しき》だ。二人の密偵は、旅館から距離を置いて馬を停《と》めた。

やがて、黒い馬車が入り口から出てきた。手綱を握っているのは黒マントの男だった。すぐに一人の密偵があとを追う。次に茶色の馬車が飛び出してきた。またしても手綱を握っているのは黒マントの男だった。二人目の密偵はすかさずあとを追った。その後、二人の黒マントの騎士が馬で旅館を発《た》った。先の馬車の男たちは囮《おとり》だったのである。

二人の騎士は馬を南へ向かって走らせた。ともにハイドラン公爵の密書を携《たずさ》えて――。

## 2

オレンジ色がゆっくりと青空を侵食《しんしょく》しはじめていた。それでも、空は広く気持ちいい。

ミミアは、ヒロトに割り当てられた宮殿《きゅうでん》の一角――かつてレオニダス王が王子時代に住んでいたところ――で洗濯物《せんたくもの》を取り込んでいた。

ふと空を見上げる。

ヒロト様はどの辺りまで行かれたのだろうか。この二週間、ヒロト様とはお会いできない。

寂《さび》しい？

もちろん。ミイラ族として、汚い包帯を巻いた種族として軽蔑《けいべつ》されてきた自分を城主の世話係に引き上げ、宮殿にまで連れてきてくれたのは、ヒロト様だ。ヒロト様が自分の人生を変えた。そのヒロト様が――いない。

不安？

少し。

でも、ヒロト様は大事なお仕事なのだ。そして自分も、宮殿に残って、早く宮殿での生活に慣れる必要がある。宮殿は広くて大変だけど、いっぱい宮殿のことを知って、ヒロト様が気持ちよく過ごせるようにしたい。それまではエクセリスといっしょに我慢——。

## 3

ソルシエールとヒロトとヴァルキュリアとラケル姫を乗せた馬車は、順調に街道《かいどう》を北へと進んでいた。座席には最新鋭《さいしんえい》のスプリングが装着されていて、乗り心地《ごこち》はいい。ソルシエールが王都に来てから初めての大きな旅行、大きな任務だった。ソルシエールもヒロトの仕事に関《かか》われるのが、うれしい。ネカ城で暮らしていた時は、こんなふうになるなんて思いもしなかった。

ラケル姫とはあまり話したことがないが、とても性格のよさそうな方だった。芯《しん》があって、自分のような庶民《しょみん》とは違うんだなと思う。ただの城主の娘とは別次元の気品がある。お姫様《ひめさま》ってこういうのを言うんだなと思う。

疲《つか》れたのか、ヒロトはヴァルキュリアといっしょに眠《ねむ》っていた。ラケル姫はずっとヒロトを見ている。非常に情愛のこもった優《やさ》しい眼差《まなざ》しで——。

(やっぱり姫はヒロト様のことが好きなんだ)

そうソルシエールは確信した。ラケル姫はヒロトに恋《こい》している。ヒロトは知ってる？

たぶん、気づいてる。

でも、ヒロトは辺境伯《へんきょうはく》にして国務卿。ラケル姫は北ピュリスの姫君《ひめぎみ》。二人がくっつけば、北ピュリス再興をという声が否応なしに上がる。それで二人ともに留《とど》まっているのかもしれない。姫君に生まれることは、もしかすると必ずしも幸せを意味しないのかもしれない……。

4

馬車に揺られながら、ラケルはずっとヒロトを見つめていた。こんなふうにいっしょの馬車に揺られて二週間もいっしょに旅行できるなんて夢みたいだった。泊《と》まる部屋は別々だが、ずっと顔を突き合わせることになる。うれしい二週間の始まりだった。思いを寄せる相手とこんなに長くいられるなんて——。精霊《せいれい》様に感謝しなければならない。

ヒロトはヴァルキュリアとともにぐっすり眠っていた。不思議と嫉妬《しっと》は覚えなかった。むしろ、微笑《ほほえ》ましさを感じた。二人とも、本当に心を許し合っているんだなと思う。

身体も？

その噂は聞いている。

不潔?

そんなふうには思わない。少し羨《うらや》ましいと思うけれど——。自分もヒロトとそんなふうになれたら、どんな気持ちがするのだろう。

でも、自分は北ピュリスの姫《ひめ》。ヒロトといっしょになって、北ピュリス再興の声がヒロトにのしかかることは避《さ》けたい。ヒロトには辺境伯として、国務卿として、思う存分仕事をしてほしい。自分はそのお手伝いをするだけだ。

ヒュブリデには永遠に発展してほしいと思う。北ピュリスのように滅《ほろ》びてほしくはない。自分のことしか考えない者たちが跋扈《ばっこ》したことや、間違っている王族を間違っていると言えない国の状況《じょうきょう》が、北ピュリス滅亡《めつぼう》につながった。迫り来るピュリス軍の危機に対して、勢力争いの絶好の機会と捉《とら》えた愚か者たちのおかげで、北ピュリスは滅亡した。しかも、その愚か者には王族も交じっていた。ヒュブリデには北ピュリスのようにはなってほしくない。

自分が宮廷顧問官《きゅうていこもんかん》に任じられたのは、きっと亡国の経験をこの国に活《い》かすためだろう。ヒュブリデのために活かしたい。ヒロトのためにも——。

# 第五章　使節

## 1

アグニカ王国は、ヒュブリデ王国の西に隣接《りんせつ》している。そのアグニカ王国中部の山道を、護衛の騎士に守られながら、体重百二十キロを上回る中年の巨漢《きょかん》が馬上に腹を揺さぶられていた。赤い長袖《ながそで》の上衣に赤い膝上丈《ひざうえたけ》のスカートを身に着け、緑色のマントを羽織っている。

男はごつごつした四角い岩石のような顔をしていた。髪《かみ》は短く切ってあり、ところどころに白髪《しらが》が混じっている。豪勢《ごうせい》な金運を示すかのように鼻翼《びよく》は左右に大きく張り出していた。唇《くちびる》は薄《うす》く、口角は下がりぎみだったが、非常に意思の強そうな顔だちだった。

アグニカ王国キルヒア州辺境伯《へんきょうはく》、リンドルス侯爵である。王国の実力者だ。今の女王を玉座に据《す》えた立役者である。

リンドルスは二週間前に届いた手紙を、苦々しい気持ちで思い返しているところだった。

ヒュブリデ王国の新しい王に、レオニダス王子が即位したという。自分と親しい間柄《あいだがら》のハイドラン公爵は落選となったそうだ。

大番狂《おおばんくる》わせだった。リンドルスの予想ではハイドラン公爵が新しい王に即位することになっていたのだ。公爵が即位すれば諸外国の大使の中では一番に駆《か》けつけようと思っていた。

だが、読みが外れた。思い切り計算が狂《くる》ってしまった。リンドルスにとっては、非常に微妙《びみょう》な結果であった。

王子を即位させた一番の立役者、辺境伯ヒロトとは親交を深めつつある。だが、肝心《かんじん》のレオニダス王とは、王子時代決して良好な関係ではなかった。レオニダス王は自分に暴言を放っていたし、自分も尊敬の言葉を返してはいない。

（まずい……）

手綱を握りながら、リンドルスはそう思った。

（実にまずい……。公爵が即位されれば、間違いなく我が国とヒュブリデとの絆《きずな》は深まっていた。軍事同盟も強化されて、ガセル国に対して強い楯《たて》を持つことになっていたはずだ。だが、レオニダスは……）

レオニダス王が、王子時代、自分が強化しようとしたアグニカとヒュブリデの軍事同盟に対して、敵意をぶつけて強硬《きょうこう》に反対していたのは知っている。そしてヒロトも、軍事同盟の強化には積極的ではない。

（楯の問題を解決せねばならぬ。宮廷《きゅうてい》での影響力《えいきょうりょく》も失わぬようにせねばならぬ。そのためには、わしが大使として出向かねばならぬ……）

2

白い壁《かべ》と、壁に埋《う》め込まれた背の高い書棚《しょだな》とに包囲された部屋の主人は、濃茶色《こいちゃいろ》の重そうな大きな執務机《しつむづくえ》についていた。鮮《あざ》やかな紫《むらさき》色のドレスを羽織り、右の肩《かた》を露出《ろしゅつ》させた四十代ほどの女である。唇の厚い、金髪《きんぱつ》の女性だ。頭にはティアラを冠《かん》している。

アグニカ王国女王アストリカであった。すぐそばには、背の高い、細身の男が立っていた。口には黒髭《ひげ》を蓄《たくわ》えている。アグニカ宰相ロクロイであった。机の正面にいるのは、リンドルス侯爵であった。

女王の執務室《しつむしつ》では、三人が顔を突き合わせてヒュブリデ王国に派遣する使節について話を始めたばかりだった。

「ガセルの使者よりも高位の者を送らねばなりませぬ。同等では、ガセルを出し抜《ぬ》くことはできません」

とロクロイが細い声で言う。

ガセル王国は、大河テルミナスを挟《はさ》んで南にある隣国《りんごく》である。ガセル王国の王妃《おうひ》は軍事強国ピュリスの王の妹であり、ガセルとピュリスは強い同盟関係にある。アグニカ王国としては、ピュリスに対抗《たいこう》しうる力を持つヒュブリデと緊密《きんみつ》な同盟を結んでおきたいところだ。

「その使者の役目、是非《ぜひ》このわたくしに――」

とリンドルスは申し出た。

「そなたはレオニダス王と仲がよくなかったはず。別の者を立てます」

と女王アストリカが突っぱねる。自分がヒュブリデを訪問することで、宮廷での自分の影響力をキープしようというリンドルスの試みは、一撃《いちげき》で葬《ほうむ》られた。

「グドルーン女伯に花を持たせては――」

宰相の提案に、

「誰があのような女！　あの女は信用なりませぬ！　あの女はキルギアの回し者ですよ!?」

と憎悪《ぞうお》と不快感を露《あら》わに女王アストリカがはね除《の》ける。グドルーン女伯は、アストリカが即位《そくい》する前に次のアグニカの女王になるのではないかと噂されていた女傑《じょけつ》である。リンドルスが機先を制して、アストリカを玉座に座らせたのだ。

「そなたが参りなさい。ガセルもさすがに宰相は送らないでしょう。そなたが参れば、ヒユブリデへの印象はよくなります」

と女王アストリカは宰相ロクロイに命じた。

3

ガセル王国の空は薄く、青い。その青さは、宮殿からも見える。

身長一七五センチほどのひょろっとした男が、黒い大きな執務机に座っていた。髪の毛は短い。目は二重《ふたえ》まぶたで、鼻筋は通っており、小さめの鼻頭の下に、口髭《くちひげ》を蓄えている。高貴育ちのよい顔だちは、王族の出自を示している。紫色の一枚布の胴着《どうぎ》も金色の帯も、高貴な身分を示している。

ガセル王国国王パシャン二世だった。そして王の執務机には、白い透《す》けるようなドレスに豊かな胸とかわいらしいお尻《しり》を包み込んだ小柄《こがら》な女性が腰《こし》を下ろしていた。ミディアム丈《たけ》の黒髪《くろかみ》を伸《の》ばしていて、小顔であった。明るくつぶらな瞳《ひとみ》と尖《とが》った小さな小鼻が特徴的《とくちょうてき》な、美人顔である。

ガセル王パシャン二世の妃《きさき》、イスミルだった。ピュリス王の実の妹だ。三十二歳《さい》だが、二十五歳にしか見えない。二人は、ヒュブリデ王国に対する使者の派遣について話をしているところだった。

「またドルゼルを派遣なさるの？」

とイスミルが尋ねる。

「ドルゼルは辺境伯と面識がある。ドルゼルを送るのがよかろう」

とパシャン二世が答える。イスミルが茶目《ちゃめ》っ気《け》のある表情を浮《う》かべた。

「ね、あなた。わたし、一度使者になってみたいわ。わたしをヒュブリデに派遣なさって」

パシャン二世は途端に顔色を変えた。

「何を言うか。そなたが使節など、ありえぬ。そなたに万が一があっては、余は生きてゆけぬ。ドルゼルに任せよ」

「でも、きっとアグニカは宰相を送ってきます。ドルゼルでは格で負けます。アグニカごときに後《おく》れを取ってはなりません。アグニカの上を行くなら、わたしを――」

とイスミルが畳《たた》みかけたが、

「ならん、絶対にならん。そなたを使者として派遣するなど、絶対にならん。余はそなたを手放したくない」

とパシャン二世は首を横に振《ふ》った。イスミル王妃はくすっと笑って、夫の手を取った。

「せっかく上を行く好機なのに。怖《こわ》がりなんだから」

4

部屋の入り口からベッドまで、二列の円柱がつづいていた。ベッドには、髭の男が腰掛《こしか》けて、爆乳の女に乳房《ちぶさ》で脚《あし》を拭《ぬぐ》わせている。

ピュリス王国イーシュ王である。その前に跪坐しているのは、天を衝《つ》くような長身に太い首、僧帽筋《そうぼうきん》の発達したごつい広い肩、太腿《ふともも》のような太い腕《うで》の巨躯《きょく》の男だった。耳の下から顎《あご》、そして口の下まで、もじゃもじゃの髭に覆《おお》われている。

勇将ガルデルであった。智将《ちしょう》メティスと並ぶ、ピュリス王国の名将である。

「心配しすぎではないのか？」

とのんびりした口調でイーシュ王は勇将に声を掛《か》けた。心配しすぎとは、ヒュブリデのことだった。レオニダス即位の報《しら》せは、もちろんピュリス国宮廷にも届いている。

「レオニダスは北ピュリスを再興すると豪語《ごうご》しておった男です。きっと北ピュリス再興に乗り出しますぞ」

「ヒロトがついておるのなら、再興はなかろう」

とイーシュ王はあまり心配していなそうな様子である。

「宗旨替《しゅうしが》えをしたのかもしれませんぞ。わしが聞いたところでは、レオニダスはフェルキナやラケル姫と懇意《こんい》にしていたとか。それがどういうことか、陛下もすぐおわかりになりましょう」

とガルデル将軍は警戒《けいかい》を崩《くず》さない。ラケル姫は、ピュリスが滅ぼした北ピュリス王国の王族である。もちろん、バックには王国再興を掲《かか》げる北ピュリス人の家臣がいる。そしてフェルキナ伯爵は、同じく北ピュリスの王族で第一位王位継承者《けいしょうしゃ》ヨアヒム王子の後見人である。二人と深い関係を持つということは、北ピュリスの再興にも関わりうるということだ。

だが、イーシュ王が心を動かされた風はなかった。むしろ欠伸《あくび》を浮かべると、心配性《しんぱいしょう》の家臣にこう告げた。

「ならば、メティスに探《さぐ》らせればよい。メティスはヒロトのことをよく知っておる。メティスをヒュブリデに送ってやれば、問題はなかろう」

# 第六章　嘘《うそ》

## 1

黒いマントを羽織った二人の騎士《きし》は、テルミナス河で別れた。二人とも向かう先はテルミナス河の下流――。ただし、一人はマギア王国を目指す。もう一人はレグルス共和国首都パラティウムを目指す――。

## 2

ヒュブリデ国宰相パノプティコスは、宮殿の私室で部下から報告を受けたところだった。ベルフェゴル侯爵の屋敷を発った二人の騎士を見失ったという。どこに行ったのかはわからないということだった。

「次は抜かるな」

そう命じて退室させた。

（ベルフェゴルめ、何を企《たくら》んでいる……？）

3

ベージュ色の漆喰《しっくい》の壁に、これでもかと誇示《こじ》するほど代々の家長の肖像画《しょうぞうが》が飾《かざ》られていた。天井《てんじょう》からは、天井が抜けるのではないかと思えるほどでかい燭台《しょくだい》のシャンデリアがぶら下がっている。百五十年以上もの間、多くの人々を見つづけてきた屋敷である。

ヒロトは、ラケル姫とソルシエールとともに、オゼール州の大貴族、ギュール伯爵《はくしゃく》の屋敷に通されたところだった。ヴァルキュリアはエルフの屋敷でお留守番である。

扉《とびら》が開いて、執事《しつじ》が姿を見せた。

「やはり閣下は体調が優《すぐ》れないということで、お会いにはなれぬとのことでございます。王都よりお越《こ》しいただいたのに、大変申し訳ない、是非、陛下にはよろしくお伝え願いたいということでございます」

と執事は丁寧《ていねい》な物腰《ものごし》で答えた。

（まただ）

とヒロトは思った。ルシャリア州の大貴族につづいて、三回目だった。エキュシア州でもルシャリア州でも同じ理由で断られたのだ。

仄《ほの》めかすところは皆《みな》、同じだった。辺境伯《へんきょうはく》には合いたくない――。

だが、ごねても仕方がない。ヒロトは立ち上がった。

「ご健康が回復されることを願っております」

「主人に伝えます」

ヒロトはラケル姫とソルシエールとともに部屋を出た。廊下《ろうか》で、焼き立ての子豚《こぶた》の肉をトレイに持った家人とすれ違《ちが》った。ヒロトたちは屋敷を出て、馬車に乗り込んだ。

「皆嘘《みなうそ》つきですね」

とラケル姫が辛辣《しんらつ》な一言を口にした。

「あの子豚、体調が優れぬ伯爵のものでしょう？　とてもお会いになれないとは思えませぬ」

「オゼールでは、子豚を食べて病気を治すんだよ」

とヒロトは冗談《じょうだん》で答えたが、ラケル姫は不満そうだった。ギュール伯爵の態度が気に入らなかったようだ。

「北ピュリスが滅亡する時にも、ああいう者がいました。ああいう者に限って、自分が攻撃されると、いの一番に助けてと言い出すんです」

とラケル姫が珍《めずら》しく感情を露《あら》わにする。ラケル姫にとって、この国の大貴族はあまり好ましい姿には映っていないようだ。

ヒロトたちを乗せた馬車が屋敷を出た。

オゼール、エキュシア、ルシャリアと回って、大貴族に会えたのは一つもなかった。王の命令によりオルシアへ行く途中《とちゅう》なのだと説明してもだった。

ため息が出そうな気分だった。ヒロト自身、自分が大貴族に嫌《きら》われているのは知っている。ブルゴール伯爵の息子《むすこ》ポラールを処刑させたし、ヒロト絡《がら》みでブルゴール伯爵もヴァンパイア族に殺された。今ブルゴール伯爵を継《つ》いでいるのは、死ななかった方の双子《ふたご》の片割れコラールである。ブルゴール伯爵もきっと体調不良を理由に自分との面会を拒絶《きょぜつ》するのだろう。

（臣従礼は進みそうにないな……）

それが正直な感想だった。ヒロトに好意を懐《いだ》いている大貴族はわずかだ。そしてほとんどの大貴族は、ヒロトに反感を懐いている。

（まだまだ王権安定は遠い……）

# 第七章　贈《おく》り物《もの》

## 1

シギル州最大の港ラドからは、陽光に反射するテルミナス河がまるごと眺望《ちょうぼう》できる。船がひっきりなしに入港しているのは、そこがマギアとピュリスからの積み荷が集積する場所だからだ。

港には、荒《あら》っぽい港の者たちの中に、場違《ばちが》いなほど上品な紅《あか》い衣装を着て帽子《ぼうし》をかぶった爆乳の美人が立っていた。

フェルキナである。

「あそこは何か？」

とフェルキナは、草ぼうぼうの野原を指差した。ヒロトに話しかける時とは声の調子も口調も違う。

「なんにも。ただの野原でございます」

「見栄《みば》えがよくない。すぐに刈《か》り取るように。悪漢が潜《ひそ》んで襲撃《しゅうげき》するようなことがあってはならぬ」

港の者が頭を下げる。

「このたびのこと、ヒュブリデの国威《こくい》に関わる。決して使節に失礼がないように、入念に準備せよ」

2

エクセリスは、国務卿《きょう》にあてがわれた部屋の一室で訪問者を迎《むか》えたところだった。ヒロトが不在の間、ヒロトに用がある者の引見はエクセリスが行うことになっている。

現れたのは、骸骨《がいこつ》族の男だった。

「ヒロト様は……？」

「不在の間は、このわたしが承《うけたまわ》ります」

とエクセリスは答えた。

「学校をつくってほしいんで。サラブリアでは骸骨族も優先して学校に入れてもらえるって聞いた。学費も出してもらえるって聞いた。王都でもそうしてほしいんで」

と要望を申し出る。

「国務卿には確実に伝えます」

「絶対お願いします。うちの娘《むすめ》は頭がいいんで。でも、王都は学費が高くて、金持ちしか入れない……」

「国務卿はきっと興味を持つことでしょう」

そう答えると、骸骨族の男性はようやく部屋を出ていった。

実力者になるということは、頼《たよ》ってくる者が多いということである。それだけ請願《せいがん》の数が増える。

エクセリスはため息をついた。

（ヒロト、早く帰ってこないかしら……）

3

ヒュブリデ王国北西部国境沿いに位置するオルシア州――。そのオルシア州の北辺にベルメドの森という広大な森が広がっている。ヴァンパイア族の聖地的な場所である。ゲゼルキア連合にとっては、特に大切な場所だ。二年ほど前にオルシア州の人間たちがベルメドの森に入って開墾《かいこん》を試み、ゲゼルキア連合に血祭りにされたことがあるが、ヒロトが割って入り、ベルメドの森に対して開墾せぬことを前王モルディアス一世に誓《ちか》わせた。以来、ベルメドの森は平穏《へいおん》をつづけている。

数十本の木が、小川の両側に生えていた。草地には白やピンク色の花が咲《さ》き誇《ほこ》っている。その一面のお花畑の中で、ミツバチみたいに次の花、次の花へと小さなお尻をもこもこさせながら移動している女の子がいた。

垂れ目の童顔のちびである。

お気に入りの白い大きなパフスリーブのドレスに真珠《しんじゅ》のブローチをつけて小さな身体を包み、ツインテールを垂らしてフラワーレイを編みながらお花畑を移動している。

ヴァンパイア族サラブリア連合代表ゼルディスの愛娘《まなむすめ》、次女キュレレであった。ヒロトたちが王都を出発して一週間後のことである。合わせるようにサラブリア州の州都を出発して、相一郎《そういちろう》といっしょにベルメドの森まで来たのである。

キュレレはもう一輪お花を摘《つ》もうとして、花びらにちっこいコガネムシがついていることに気づいた。全長数ミリ、小指の爪《つめ》の大きさほどの小さなコガネムシである。脚には花粉がついている。日本のハナムグリに似ている。

キュレレは指先でツンツンとコガネムシをつついた。コガネムシが触手《しょくしゅ》を動かす。だが、花からどくつもりはないらしい。キュレレはいひひと笑って、隣《となり》の花に移った。それからお尻を下ろしてしばらくフラワーレイを編んでいたが、いきなりぱっと立ち上がって、数メートル離《はな》れた木陰《こかげ》で膝《ひざ》に本を載《の》せて休んでいた長身の眼鏡の青年に駆け寄った。眼鏡の青年が顔を上げると、いきなりフラワーレイを首に掛けた。

「あげる♪」

「ありがとう」

と青年——相田《そうだ》相一郎は微笑んだ。三年ほど前、ヒロトといっしょに堂心円高校《どうしんえんこうこう》の中世研究部の部室からやってきた元高校生である。異世界からの人間はディフェレンテと呼ばれるが、今ではディフェレンテというより、ほとんどヴァンパイア族の仲間である。

「本」

早速《さっそく》キュレレがおねだりしてみせた。

「何を読む？」

「おもしろいの」

とキュレレが答える。相一郎は本を開いて、朗読を始めた。

「むか〜しむかし、働き者のキリギリスと怠《なま》け者のアリがいました——」

4

二人から離れた木陰に、二人の女吸血鬼《きゅうけつき》がうつ伏《ぶ》せに寝転《ねころ》がっていた。一人は長身で、黒い腰布を巻いていて、青い翼《つばさ》を木陰に広げていた。長い金髪が草の上に広がっている。一〇〇センチ以上はありそうな爆乳は、草の上にひしゃげて胴体《どうたい》からはみ出している。つり上がり気味の、切れ長の目の女だった。女海賊《かいぞく》のような強面《こわもて》の雰囲気《ふんいき》があるが、美人である。北方連合代表デスギルドだった。

もう一人は、赤いチューブトップのビキニを着けて同じく赤いショートパンツを穿《は》き、赤い翼を広げていた。チューブトップビキニに包まれた爆乳は、デスギルド同様自重に圧《あっ》迫《ぱく》されて胴体からはみ出している。

赤いショートヘアに男勝《おとこまさ》りの顔だった。男っぽさが溢《あふ》れているのに、美人だ。男をゾクッとさせるような艶《つや》っぽい双眸《そうぼう》をしている。ゲゼルキア連合代表のゲゼルキアだった。

数メートル離れたところで突然《とつぜん》始まった相一郎の朗読に、

「何だ、ありゃ？」

とデスギルドが顔を向けた。

「いつものことだ。ゼルディスのちびっこは本が好きだからな」

とゲゼルキアが答える。デスギルドは相一郎に目をやった。

「変な男だな」

「馬鹿《ばか》にせん方がいいぞ。あの眼鏡は、ゼルディスにとっては息子も同然、ちびにとっては本物のお兄ちゃんみたいなものだ。侮辱《ぶじょく》するとゼルディスがぶちきれるぞ」

とゲゼルキアが忠告する。

「あの眼鏡がな……」

そう答えてから、デスギルドの視線は相一郎から離れて、キュレレに向いた。

「似合わんな」

そう言ったデスギルドの視線は、胸元《むなもと》の真珠のブローチを射貫《いぬ》いていた。

真珠――。

中世ヨーロッパでも真珠はダイヤモンド以上の高価な宝飾品《ほうしょくひん》だったが、ヒュブリデでも、ヴァンパイア族の間でも同じだった。人工養殖《ようしょく》の技術はなく、真珠を手に入れるには運に任せるしかない。美しい真珠はアコヤ系の真珠貝《しんじゅがい》でしか育たないし、アコヤ系の真珠貝を開けば必ず真珠が見つかるわけではない。その上、ヴァンパイア族の地は海から離れている。真珠は、ヴァンパイア族の女にとって夢のまた夢の宝物なのである。

「ガキに真珠なんか、似合わないよ」

とゲゼルキアも同意してみせた。

「小娘《こむすめ》にもね」

とデスギルドが覆い被《かぶ》せた。小娘とは、キュレレの姉、ヴァルキュリアのことである。

「美人だからもらったらしいぞ」

とゲゼルキアが答える。

「美人っていうのなら、わたしたちの方が美人じゃないか」

デスギルドの突っ込みに、

「その通りだ」

とゲゼルキアが応じる。

「なら、わたしたちこそが真珠のネックレスを持つべきだろ？」

デスギルドはかつてのライバルに微笑んでみせた。ゲゼルキアは、まあねとばかりに皮肉っぽい笑《え》みを浮かべて応《こた》えた。

（くそ。いい思いをしやがって）

とデスギルドは悔《くや》しさを噛《か》み殺した。

ヴァルキュリアが真珠のネックレスをもらったと聞いた時、どれだけ羨ましかったか。

ネックレスをつくるためには、ただでさえ希少な真珠を二十個以上、それも同じ粒《つぶ》の大きさのものをそろえなければならない。それがどれだけ高いハードルか、デスギルドにも想像はつく。ヒュブリデ王国でも、真珠のネックレスを保有するのは大貴族クラスや王族クラスだけだ。そして、ヴァンパイア族で真珠のネックレスを持っているのは、ヴァルキュリア一人である。

嫉妬は悪徳。羨望《せんぼう》も悪徳。そうわかっていても、女は嫉妬してしまうものなのである。

「帰る」

デスギルドは立ち上がった。子供相手に嫉妬するなんてみっともないと思うのだが、真珠のブローチを見ていると、どうしても自分を抑《おさ》えられない。

「待たないのか？」

とゲゼルキアが念を押《お》した。デスギルドがベルメドの森に来たのは、ヒロトから手紙をもらったからだ。お礼をしたいから、ベルメドの森までご足労をお願いしたいと手紙には記されていたのだ。お礼をしたいのに人に移動しろとは、なかなか失礼な手紙である。

「遅《おそ》いやつの方が悪い」

そう答えて翼を広げたデスギルドの視界に、ゲゼルキア連合に所属するヴァンパイア族——赤い翼が見えた。翼を広げてまっすぐに降下してくる。もう、地上からの高さは二メートルもない。

「ゲゼルキア様、来ましたよ！」

と男が叫《さけ》んだ。男の報告に、デスギルドは出端《でばな》を挫《くじ》かれる形になった。

蹄《ひづめ》の音が近づき、黒い翼のヴァンパイア族が、さ～っと飛んできた。その後方に、惚《ほ》れ惚《ぼ》れするような漆黒《しっこく》の馬に跨《また》がった青い服の少年が見えた。ベルメドの森で待っていてほしいとデスギルドに手紙を送った張本人——ヒロトの登場である。後ろにはやんちゃな顔だちの若い赤毛の爆乳吸血鬼——ヴァルキュリアが乗っている。

「お～い」

ヴァルキュリアが暢気《のんき》に手を振った。赤いツインテールが揺《ゆ》れる。ネックレスを首に下げているのかどうかは、ヒロトの身体に隠《かく》れてわからない。

ヒロトの後ろには、ちょっとした行列がつづいていた。デスギルドの知らない女が二人、馬でついていた。一人は褐色《かっしょく》の肌《はだ》で、黒髪の女だ。白いチャイナドレスを着ている。もう一人は眼鏡の女で、スカート丈の長い、水色のツーピースを着ていた。そして女たちの後ろには、エルフの剣士《けんし》が、そして鏡を抱《かか》えた騎士が連なっていた。

「ご到着《とうちゃく》か」

とゲゼルキアが身体を起こした。

「誰《だれ》だ、あの女たちは？」

とデスギルドは尋《たず》ねた。

「褐色の女がラケル姫。北ピュリスの王族だ。眼鏡がソルシエール。ヒロトの書記みたいなやつだ。エルフの男がアルヴィ。いい腕をしているぞ」

とゲゼルキアが小声で紹介《しょうかい》してくれる。

「待たせてごめんね〜♪」

とヒロトが馬を降りた。すぐにヴァルキュリアも下馬する。ゲゼルキアとデスギルドの視線は、ヴァルキュリアの首元に釘付《くぎづ》けになった。

白い真珠のネックレスが、ヴァルキュリアの首元を飾っていた。デスギルドたちに遠慮《えんりょ》して着けてこないかと思っていたが、これ見よがしに着けてきたのだ。

(見せつけやがって)

デスギルドはそっぽを向いた。

「帰るぞ」

「帰ると一生後悔《こうかい》するよ。ヴァルキュリアとゲゼルキアを一生羨ましがることになるよ」

とヒロトが速攻《そっこう》で言い放った。

「待たされた上に――」

と言い返そうとしたデスギルドの目に、ラケル姫とソルシエールが桐箱《きりばこ》を手に近づいてくるのが見えた。ラケル姫は二つの桐箱を持っている。

(何だ、あの箱は?)

妙《みょう》に気になった。桐箱というのが、特に気になる。ヒロトはお礼をしたいと言っていたが、その品だろうか?

(品ぐらい、見ていってもいいのではないのか?)

そう思《おも》い止《とど》まった。桐箱は、高価なものを入れる時に使うものだ。たいしたことのないものを収める時には使わない。

「何だと思う?」

とヒロトは微笑《ほほえ》んだ。

「謎々《なぞなぞ》は嫌いだ」

「じゃあ、手に取って。めっちゃいいものだよ」

ヒロトの言葉には答えず、デスギルドは桐箱を一つ、つかみ取った。あまり重くはない。

つまり、剣《けん》は入っていないということだ。剣なら金属だから、もっと重さがある。

ラケル姫が進み出て、ゲゼルキアに桐箱を差し出した。ゲゼルキアも箱を受け取る。

(この大きさってことは、宝石か?)

デスギルドは桐箱を開けてみた。

やわらかい絹の布に包まれた一品に、思わず凍《こお》りついた。すぐ隣で同じように桐箱を開いたゲゼルキアも、凍りついた。

頭の中にも、言葉が出てこない。ただ、目の前にあるものだけが、目に飛び込んでいる。

(――嘘だろ……)

デスギルドの頭の中が凍結《とうけつ》する中、ようやく頭の中で言葉がこぼれ出た。声は出なかった。出せるはずがなかった。箱に収められていたのは、自分が羨望して帰ると言い出した原因、真珠のネックレスだったのだ。ヴァルキュリアのものよりほんのりピンク色がかっているが、紛《まぎ》れもなく真珠のネックレスだ。それでも、

(本物か……?)

と疑ってしまった。法外な現実に、にわかに信じられない。

「レオニダス王からの贈り物だよ。即位した記念に、父王への友情と今までのお礼を込めて、お二人に」

とヒロトが説明する。だが、デスギルドはほとんど説明を聞いていなかった。真珠なんか、持ったことはない。本物を目にしたのは、キュレレがつけていたブローチを見たのが初めてである。

その真珠が――今、自分の許《もと》に――。

「わたしとデスギルドにか？」

とゲゼルキアが尋ねた。

「そう。着けてみて。美人が着けるとどうなるか、おれ、早く見たいんだから」

とヒロトが明るい声で急《せ》かす。

デスギルドは、生まれて初めて真珠のネックレスを手に取った。思ったよりも軽い。感触《かんしょく》は意外にひんやりしている。だが、手に取ってみると、なんと美しくて、なんときれいなことか。本当に粒揃《つぶぞろ》いで、吸い込まれるような艶と輝《かがや》きを放っている。薄《うす》ピンク色の粒が、本当に愛らしく、美しい。光沢《こうたく》が奇蹟《きせき》の光に見える。

（これが真珠……）

気がつくと、手がふるえていた。娘の頃《ころ》、父親に何が欲《ほ》しいと聞かれて真珠と答えた記《き》憶《おく》が、いきなりフラッシュバックしてきた。

《なかなか難しいことを言う娘だ……》

父親の苦笑《くしょう》。

あとで母親から、父親を困らせるものではないと叱《しか》られた。自分は真珠が一番きれいだと聞いたから答えただけなのに。

でも、自分が大人になって、よくわかった。ヴァンパイア族が真珠を手に入れるのは、本当に難しいのだ。特に真珠のネックレスは――。

手許《てもと》も足元も、ふわふわしていた。心が、身体の奥《おく》が、躍《おど》っていた。思いがけない僥倖《ぎょうこう》と驚嘆《きょうたん》に揺さぶられて、身も心も落ち着かないのだ。なのに、幸せなのだ。

アルヴィと騎士が馬を降りた。二人がデスギルドに鏡を向けてくれた。鏡の中に、自分が映っている。どこか生娘《きむすめ》に戻《もど》ったような、少女に戻ったような、少し頬を上気させて、どこか上の空のような顔の女が、鏡に映っている。そしてその顔の前に、薄いピンク色の真珠――。

デスギルドは自分の顔を見ながら、真珠のネックレスを着けた。金髪が見える。左右の金髪の間、顎のずっと下、白い首に薄い桜色がかった粒が光るネックレスがある。

思わず顔が惚けた。突然のことでまだ実感がなくて、顔の一部は凍りついていて、顔の一部だけが惚けて、歪《いびつ》に表情を歪《ゆが》ませてしまった。美人の顔じゃなくなってしまったのに、うれしい。幸せでならない。まるで自分の頭の中で、幸せの鈴《すず》が鳴っているみたいだ。

「やっぱりすげえ美人。ゲゼルキアは？」

ゲゼルキアもネックレスを着けたところだった。デスギルドは、ライバルのネックレス姿を見た。目鼻だちがくっきりしていて美人だけに映《は》える。

「どうだ？」

とゲゼルキアが挑発《ちょうはつ》する。

「わたしの方が似合ってる」

とデスギルドは嘘をついた。

「嘘つけ」

とゲゼルキアが笑う。自分と同じように、目が蕩《とろ》けていた。頬がとろとろに緩《ゆる》んでいる。

ゲゼルキアも自分と同じ心境なのだ。

「二人とも、すっげえ美人。おれ、ヴァルキュリアから乗り換えよっかな」

ヒロトの冗談に、

「ヒ～ロ～ト～～！」

とヴァルキュリアが後ろからヒロトの口の両端《りょうたん》を引っ張ってみせた。ヒロトがふがふがと喘《あえ》いで、思わずデスギルドは笑った。ゲゼルキアも笑った。

「ゲゼルキア、助けて～♪」

とヒロトがおどける。

「自己責任だ」

ゲゼルキアの指摘《してき》に、また笑いが弾《はじ》ける。

デスギルドは、また鏡を覗《のぞ》き込んだ。いつもの自分の顔なのに、いつもと違う真珠のネックレス。

似合う？

わからない。

でも、うれしくてたまらない。なんという幸せだろう。少し前まではイライラして帰ろうかと思っていたのに――ヴァルキュリアの真珠のネックレスを見た時には、すねてすぐ帰るつもりだったのに――ヒロトは凄《すご》い贈り物を持ってきてくれた。なんて自分はわがままで、なんて自分勝手だったんだろうと思う。こんな贈り物を持ってきてくれたのに、帰ろうとしただなんて。

（あ）

デスギルドは気づいた。ヴァルキュリアがネックレスを着けていたのは、きっとわざとだったに違いない。

一人だけネックレスを着けていないキュレレが、指を銜《くわ》えて見ていた。羨《うらや》ましそうである。少し前までの自分と同じだ。真珠のブローチを持っていても、やっぱり羨ましいらしい。

「着けてみるか？」

デスギルドが声を掛けると、キュレレは破顔してうなずいた。自分のネックレスをキュレレの首に掛けてやる。

エルフが鏡を向けると、キュレレの顔がぱ～っと明るく弾けた。どんなにおちびちゃんでも、やっぱり真珠のネックレスはうれしいらしい。

「これでみんな、ネックレス持ちになったぞ♪」

とヴァルキュリアが上機嫌《じょうきげん》になった。

「わたしのは白いやつなんだ。ゲゼルキアとデスギルドのは、少し桃色《ももいろ》がかってるんだな。いいな」

とヴァルキュリアが言う。

「お嬢《じょう》ちゃんにはまだ早いよ」

とゲゼルキアが冗談を言い、

「その通りだ。まだ早い」

と笑顔《えがお》でデスギルドも応じた。べ～っとヴァルキュリアが舌を出してみせる。そして、三人とも、笑った。

「初めて着けた時、すっげえうれしかったんだ。鏡を見るたびに顔がにやけるんだ」

とヴァルキュリアが話す。デスギルドは全力で同意したくなった。今の自分も、まさにその通りだった。心の底から幸せと喜びのウキウキの泡《あわ》が後から後から浮かび上がってきて、心がふわふわと浮き上がりそうなのだ。

これは夢？

夢のはずがない。自分はマギアの北方から飛んできたのだ。手紙をもらった時は、そっちが来いよ、呼びやがってと思ったが、今はそんな気持ちは吹《ふ》っ飛んでいた。むしろ、よく呼んでくれたという気分である。

「ね、三人並んで見せて。ヴァンパイア族の一番の美女三人の姿を見たい」

とヒロトがおねだりする。お世辞に違いないとわかっているのに、うれしい。デスギルドは真珠のネックレスを着け直すと、ヴァルキュリアを挟《はさ》んでゲゼルキアと三人で並んでみせた。

「やばい。みんなきれいでわかんない」

とヒロトが目を輝かせて自分たちを見る。

「じゃあ、ヴァルキュリア、帰ろっか」

とデスギルドに話しかけた。

「わたしはこっちだ！」

とヴァルキュリアが叫ぶ。

「ぎえ〜〜、間違《まちが》えた！」

お芝居《しばい》に違いないのだが、デスギルドは思い切り笑ってしまった。ヒロトは国務卿に昇進したと聞いている。紛れもなくヒュブリデ王国の要人である。なのに、自らとぼけて自からふざけて、自分たちヴァンパイア族を笑わせてくれる。そういう人間だからこそ、ヴァルキュリアは惹《ひ》かれたのだろう。

「ちょっとちっちゃいんだけど、氏族長の奥さんに贈り物を届けてあげて」

とヒロトは真顔になった。眼鏡の爆乳娘ソルシエールが桐箱を二つ持って近づいてきた。

デスギルドとゲゼルキアは同時に開けてみた。

白い真珠のブローチだった。きれいなまんまるの形ではなく、雫《しずく》のような形をした真珠のブローチである。まんまるい真珠もきれいだが、雫のような真珠も、愛らしい。

「これもレオニダス王からの贈り物だよ」

そうヒロトは説明したが、きっとヒロトの心遣《こころづか》いに違いなかった。氏族長の妻たちにも真珠のブローチを贈るようにヒロトが進言したに違いない。デスギルドはさらに顔を輝かせた。自分がネックレスをもらったと聞けば、他の女たちもきっと羨ましがるはずなのだ。連合の代表は、連合魔下《きか》の者たちを幸せにし、名誉《めいよ》を高めるために存在する。この真珠のブローチで、部下たちの名誉も高まるに違いない。

ブローチの数は、北方連合の氏族の数とぴったりだった。前もってヒロトは氏族の数を確認《かくにん》していたのだろう。

「礼を言うぞ、ヒロト」

とゲゼルキアがヒロトを抱き締めた。ヴァルキュリア以上に突《つ》き出《だ》したロケットオッパイが、激しくひしゃげる。ヒロトがゾクッとふるえる。

「似合ってるのが一番うれしい」

とヒロトが微笑む。

「言う相手が間違っているぞ」

「大丈夫《だいじょうぶ》、心の底ではヴァルキュリアが一番似合ってるって思ってるから」

ヒロトの答えにゲゼルキアが笑う。ヒロトも笑う。

（今度はわたしがお礼をする番だ）

とデスギルドは思った。ゲゼルキアがヒロトから離れると、

「わたしも礼を言うぞ」

とデスギルドはヒロトを抱き締めた。ぎゅ〜っと胸を押しつける。感謝と愛《いと》しさを込めて、たっぷりと爆乳を押しつけてやる。ヒロトがゾクッとふるえた。

自分たちヴァンパイア族の男たちと比べると、ヒロトの身体の締まり具合は違っていた。華奢《きゃしゃ》で、いささか筋肉も足りない。だが、この身体には、自分たちのことを大切に思って

くれる心がいっぱい詰《つ》まっている。

「わざわざベルメドの森まで来てくれてありがとう。本当はおれが北方連合まで行かなきゃいけないんだけど、二人に同時に渡《わた》して、二人がいっしょに喜ぶ姿を見たくて」

とヒロトは説明した。豊満な胸を押しつけたまま、デスギルドは首を横に振《ふ》った。自分は凄いプレゼントをもらった。家臣にも贈り物をもらえた。ベルメドの森までの距離《きょり》など、大したことではない。

「おまえはいいやつだ。何か困ったことがあったら言え」

そう囁《ささや》いて、デスギルドは離れた。初めてヒロトのことを聞いた時、なぜゼルディスたちはヒロトに尻尾《しっぽ》を振るのかと反感を覚えたものだが、今ならゼルディスの気持ちがわかる。ヒロトが自分たちを大切にしてくれるから、ゼルディスはそれに対して自然に応じて、自然に返しているだけなのだ。

「今日はここに泊《と》まっていけ。すぐに帰ると言ったら許さんぞ」

ゲゼルキアがそう声をかけた。

意外？

まさか。そんなことはちっとも思わなかった。むしろ当然だった。

（厚意《こうい》を受けろ）

デスギルドが胸の中で促《うなが》すと、

「もちろん、泊まってくよ」

とヒロトは即答《そくとう》した。さすがにヒロトだった。

ゲゼルキアが大きく手を叩《たた》いて部下に声を発した。

「すぐに宴《うたげ》の支度《したく》をしな！　それから、氏族長を夫婦《ふうふ》ごと呼んできな！　首をきれいに洗ってすぐ来いってな！」

# 第八章　密偵《みってい》

1

レグルス共和国に入った黒マントの騎士《きし》は、首都パラティウムに到着したところだった。マギア王国に入った黒マントの騎士は、首都のパフラム宮殿《きゅうでん》に姿を見せていた。目指す相手は、それぞれの国家元首――。

2

《我々は、賠償請求《ばいしょうせいきゅう》によって賠償金《ばいしょうきん》の問題が蒸《む》し返されることを望んではおりませぬ。賠償金の問題は、すでに解決したこと。両国の平和が蔑《ないがし》ろにされてはなりませぬ。コグニタス殿《どの》にも、同じように伝えております》

公爵《こうしゃく》の密使が残していった言葉を、金の縁《ふち》取《ど》りを施《ほどこ》した紫色《むらさきいろ》のマントを羽織った巨漢《きょかん》が、反芻《はんすう》していた。身長一九〇センチ。髪《かみ》は黒く、彫《ほ》りの深い顔だちである。鼻筋も高く通っている。目は褐色で、男臭《おとこくさ》さを感じさせる美貌《びぼう》である。

マギア王国の二十八歳《さい》の王、ウルセウス一世だった。頭の中は怒《いか》りでいっぱいだった。レグルス共和国に留学していた時、同じように留学していたレオニダスの王子時代の姿がフラッシュバックする。

さらさらの長い金髪《きんぱつ》。浅薄《せんぱく》そうな、生意気な顔。そして女好き——。怒りは暴れ馬のように自分を振るい落とそうとしていた。

すぐそばでは、二人の家臣が控《ひか》えていた。一人は簡素なベージュ色のマントを羽織った高齢《こうれい》の老人だった。痩《や》せた頬から痩躯《そうく》がわかる。頭はすっかり禿《は》げ上がって、さながら出家した者のような面立《おもだ》ちである。前王にも仕えていたマギア国宰相《さいしょう》ラゴスである。

もう一人は、小麦色の肌が嬌《なまめ》かしい長身の爆乳女だった。大人っぽい、勝気な顔だちで、目元と厚い唇《くちびる》に、男を欲情させるような色っぽさが滲《にじ》み出ている。露出《ろしゅつ》度の高いハイレグコスチュームを着て、その上から金属の肩当《かたあ》てと腕《うで》当て、臑《すね》当てを装着していた。首元はタートルネックになっていたが、胸にはホールが空いて、小麦色のバストが双つ覗いていた。親衛隊隊長ネストリアである。

二人とも、自分が王国で最も頼る存在だった。特に、ネストリアはベッドでも頼っている――つまり、毎晩のようにシーツに組《く》み敷《し》いているわけだが、怒りのあまり、ネストリアの胸の谷間も目に入らなかった。

「余の思った通りだ……」

怒りと憎悪《ぞうお》と憤懣《ふんまん》とを押し殺したような、低い声が洩《も》れた。なんとか怒りを制御《せいぎょ》しようとして洩らした一声だったが、それが感情の呼び水になった。

「あの男なら絶対やると思っていたのだ……絶対にな！　そしてその通りになった！　エルフたちは何を考えている！」

途中《とちゅう》から感情が一気に爆発《ばくはつ》して、ウルセウスは怒声《どせい》へと怒りを爆発させた。

「あまり興奮なさいますな」

と宰相ラゴスがなだめようとすると、

「誰が興奮せずにいられるか！　あいつは、パラティウムにいる時にも言ったのだぞ!?　吸血鬼を使っておまえに賠償請求してやろうかと！　そして現にそうなった！　それも国王推薦《すいせん》会議においてだ！　にもかかわらず、エルフはあいつを国王に推挙した！　ヒュブリデのエルフはいったい何を考えている！　何が叡知《えいち》だ！　ヒュブリデのエルフは腐《くさ》っているのか！」

とウルセウスは怒号《どごう》をぶつけた。エルフは賢者《けんじゃ》として知られている。ヒュブリデが繁栄《はんえい》している理由は、エルフが政界で力を握《にぎ》っているからだ。だが、なのに、なぜあのわがまま王子を王にしたのか。

「そこが気になるところでございます。エルフがおりながら、何故《なにゆえ》にレオニダス王子の暴言を受け入れたのか。実はその前後に何かあったのではないのか。気になるのでございます。一度探《さぐ》りを入れられた方がよいのでは？」

とラゴスは冷静に言葉を受け継《つ》いだ。だが、逆に冷静さは火に油を注ぐものである。

「その必要はない！　前後に何もあるものか！　あいつは空の力を得て、我《わ》が国《くに》を脅《おど》すつもりなのだ！　金だけで終わるはずがない！　必ず我が国を侵略《しんりゃく》するぞ！　だが、そうはいかぬ！　レオニダスへの使節の派遣《はけん》は中止だ！　愚《おろ》か者《もの》に祝いの使者を派遣する必要はない！」

ウルセウスは叫んだ。その直後だった。

ふっと――ラゴスの雰囲気が変わったのだ。控えめなやわらかいオーラが、突然青い炎《ほのお》となって立ち上ったのである。

「つまり、ヒュブリデと戦争するということでございますな。あの辺境伯《へんきょうはく》とヴァンパイア族の一団と、干戈《かんか》を交えるということでございますな」

鋭《するど》い眼差《まなざ》しでラゴスが踏《ふ》み込んできた。

「その通りだ！」

「それで陛下を討《う》ち取り、我が国を敗北させるのがレオニダスの狙《ねら》いであっても、あえて戦争をなさるということですな」

とラゴスはさらに険しい視線で畳《たた》みかけてきた。口調は静かだが、少し前と気迫《きはく》が違《ちが》っている。本気で自分を諫《いさ》めようとしているのだ。

「余は負けぬ！　余に文句があるのか！」

むっとしてウルセウスは言い返した。

「ございます」

あっさりとラゴスは答えた。あまりにストレートな返事に、ウルセウスは怒鳴《どな》ろうとした。だが、それよりも早く、ラゴスが言葉を継いでいた。

「負けますぞ。今、使節を送らずにレオニダス王を侮辱して戦端《せんたん》を開いたとなれば、ヴァンパイア族は辺境伯に、否《いな》、レオニダス王に加担しますぞ。半年前にデスギルドとゲゼルキアとゼルディスの一団が何者にも邪魔《じゃま》されずにこの宮殿を訪《おとず》れ、陛下に剣を向けたこと、まさかお忘れになったわけではありますまいな」

「やられる余だと申すのか！」

ウルセウスはついに、亡《な》き父王の一番の重臣に怒号を浴びせた。

「恐《おそ》れながら」

とラゴスがあっさり肯定《こうてい》する。

「うぬぼれるな！」

「うぬぼれていらっしゃるのは陛下でございます。あのデスギルドと申す女、とてつもない剣術《けんじゅつ》使いでございました。陛下は互角《ごかく》に戦えたとしても、他の者はどうか。ピュリスを震撼《しんかん》させたキュレレなる者は、あの時宮殿に来ておらなかったのですぞ⁉　それでも勝てるとおっしゃるので？　そのような誤った判断をするためにレグルスまで留学されたのでございますか？」

ウルセウスは怒りで唇をふるわせて、重臣を睨《にら》んだ。

怒鳴りつけてやりたい。

馘《くび》だと叫んでやりたい。

死刑《しけい》だと宣言してやりたい。

だが――叫べなかった。相手はラゴスなのだ。子供のヴァンパイア族を半殺しにされて激怒《げきど》したヴァンパイア族たちが千人近く押し寄せた時、自分とデスギルドの間に割って入って事を収めてくれたのは、目の前のラゴスなのだ。ラゴスがいなければ、マギア王国は確実にヴァンパイア族と戦争に突入《とつにゅう》していた。それを防いだのはラゴスなのだ。そのラゴスに、死ねと言うのか？　おまえは処刑《しょけい》だと言うのか？　それだけは王としてはしてはならぬ。どんなに激怒していたとしても、それだけは言ってはならぬ。忠言耳に逆らうという。ラゴスはウルセウスが憎《にく》くてものを言うことはないのだ。常に忠言の男、諫言《かんげん》の男なのだ。

「我が国の威《い》を示すためにも、使節はおやめになった方がよいのでは？」

ネストリアが助け船を出した。途端《とたん》に、ラゴスが老人とは思えぬほど鋭い眼差しを向けた。

「送らねば、レオニダス王はずっと生涯《しょうがい》、恨《うら》みに思いつづけますぞ。レオニダス王が即位《そくい》しつづける限り、我が国はレオニダス王に敵対視されつづけますぞ。その発端《ほったん》をつくるべきだとおっしゃるので？」

「最初に我が王を挑発し、我が王を敵対視したのは、レオニダス王です」

とネストリアが返す。ネストリアも弁は立つが、ラゴスの方が強かった。

「それは王になる前の、国王推薦会議のこと。まだ王が正式に使者を遣《つか》わして我が国に賠《ばい》償《しょう》を求めていないにもかかわらず、先に使節を取りやめては我が国が悪者になりますぞ。なぜ派遣しなかったと問われて、国王推薦会議で我が国に賠償請求《せいきゅう》すると宣言したからだと答えて、それでレオニダス王に『そのことについては色々と家臣と相談しているところである』と返事されたら、いかようにして矛《ほこ》を収めるおつもりですか？　側近にはあの辺境伯がついているのですぞ？　使節が祝いに来るのならば賠償問題は水に流そうと考えていたが、送らなかったゆえ、正式に賠償金を請求すると言われたら、どうなさるおつもりですか？　辺境伯はそれくらいのことをなさる御方《おかた》ですぞ！」

ラゴスの厳しい切り返しと強い語調に、ネストリアは沈黙《ちんもく》した。さっと耳が赤くなる。ネストリアは武人だ。負けることは恥《はじ》である。完全に論破されて、きっと恥を掻《か》かされたと思ったのだろう。

だが、分《ぶ》はラゴスにある。ラゴスの言う通りだった。四カ国会議や七者会談の時に、レグルス共和国の首都パラティウムで辺境伯ヒロトに会ったが、あの男ならそれくらいのことはやるだろう。冷静に考えてみれば、そうだったのだ。

ネストリアが口を挟んでくれたおかげで時間ができて――さらにラゴスの言葉を客観から眺《なが》めることができて――ウルセウスは少し冷静さを取り戻した。

考えてみれば、そうであった。憎らしいのはレオニダスだ。しかし、あの馬鹿の後ろには辺境伯ヒロトがいるのだ。何度も頭の切れと雄弁《ゆうべん》で自分をぶち破った男が――！　使節を送らないと突っぱねれば、あの男がそれを利用しないはずがない。それこそ、「使節が来れば賠償請求は解決済みであるという話を詰めようと思っていたのですが、残念です。

扉《とびら》は閉ざされました」と言いかねない。使節を送らなかった代償《だいしょう》を、賠償金で払《はら》わされることになりかねない。

「探《さぐ》りを入れるべきでございます。わたくしならば、直に王と辺境伯に確かめます。王の後ろには辺境伯がおります。辺境伯に内密に進めるようには思えませぬ」

「探りを入れれば、必ず辺境伯が策を講じる。敵に反撃《はんげき》の機会を与《あた》えてどうする？」

とウルセウスは反論した。

「ハイドラン公爵は、決して善意の方ではございませぬ。王になれなかったことで、きっとレオニダス王には恨みを懐《いだ》いているのでございましょう。打撃《だげき》を与えるために陛下を利用なさっているのでございます」

「レオニダスには打撃を与えるべきだ」

「公爵一人の手紙で動くのは危険でございます。是非《ぜひ》探りを」

とラゴスが粘《ねば》る。

「ならぬ。探りは一切《いっさい》入れぬ。入れれば必ず辺境伯に勘《かん》づかれ、反撃の機会を与える。レオニダスが賠償請求するつもりだと知っていること、決してヒュブリデには気づかれぬようにせよ」

とウルセウスは片づけた。ついにラゴスはあきらめた。何か言いたそうにウルセウスを見つめたが、何も言わなかった。

ウルセウスも、ラゴスが正しいのはわかっていた。だが、やはり探りを入れる気持ちにはならなかった。ただ、使節については別だとウルセウスは思った。ラゴスの献策《けんさく》は受け入れるべきだ。その上で、ネストリアに花を持たせてやらねばなるまい。

「ヒュブリデには使節を送ってやろう」

とウルセウスは口を開いた。

「ヒュブリデには是非《ぜひ》わたくしを――」

と言い出したラゴスを、ウルセウスは遮《さえぎ》った。

「そちは送らぬ。ネストリアを送る」

ネストリアが、はっとして顔を向ける。メッセージは伝わったようだ。おまえに恥を搔かせたままでは済まさぬぞ。そういうメッセージである。

だが、ラゴスが抵抗《ていこう》した。

「ネストリア殿を使節の代表として派遣するのは不向きでございます。ネストリア殿は一度ヒュブリデを訪れて、悪い印象を与えております。それに、そもそも高貴の方ではございません」

毎晩のように抱いている女を悪《あ》しく言われて、ウルセウスはむっとした。

「下賤《げせん》だと申すつもりか⁉」

「このような即位の祝い事がある時には、誰から見ても貴顕《きけん》と思われる者を送って敬意を示すべきでございます。貴顕の最たるは王族の血。是非、王族の血を引く者を送るべきでございます」

とラゴスが説明する。貴顕とは、身分が高く名が知れていることである。王族の血を引いていないという意味で、ラゴスはネストリアを高貴ではないと一蹴《いっしゅう》したようだ。理に適《かな》った言葉である。

「リズヴォーン様をお送りするべきかと」

とラゴスは踏み込んだ。

「リズヴォーンをか⁉」

思わず聞き返してしまったのは、妹の口の悪さを知っていたからである。自分と血を分けた妹でありながら、リズヴォーンはおおよそ王族とは思えぬ口の利《き》き方《かた》をするのだ。

「リズヴォーンは――」

「陛下の妹を派遣したとなれば、レオニダス王は満足いたしましょう」

「しかし、口が――」

「むしろ口が悪い方がようございます。リズヴォーン様のように直言こそ命のような方なればいつもと勝手が違って辺境伯も苦戦するのではございますまいか？　リズヴォーン様の口から賠償問題は譲《ゆず》らぬとおっしゃっていただければ、陛下も追い風を受けることができましょう。さらにリズヴォーン様のお供にネストリア殿がおつきになれば、ネストリア殿にも名誉となりましょう」

と一気にラゴスは畳みかけてきた。王族を派遣するという条件を満たしつつ、ネストリアに花を持たせてやりたいというウルセウスの個人的な願いも交えてきたのである。

上手《うま》い説得であった。

「そちも賠償問題については反対なのだな？」

とウルセウスは確かめた。

「前王も、賠償金を支払《しはら》うと言ったことは一度もございません。わたくしも、払うように申し上げたことは一度もございません。それは今も同じでございます」

その言葉に満足してウルセウスはうなずいた。

「では、すぐにリズヴォーンを呼べ。賠償金は払わぬとはっきり言わせるのだ」

# 3

久々に会う妹に、ウルセウスは思わず顔をしかめそうになった。ネストリアも露出度は高いが、まだ品がある。だが、妹はどうだ。胸と背中を覆《おお》うだけのアーマーを身に着け、腰布《こし》からは容赦《ようしゃ》なく太腿《ふともも》を見せつけている。しかも、第一声が、

「よ〜、兄貴。本当に結婚《けっこん》しろとかじゃね〜んだろ〜な」

であった。

「少しは王族らしい口の利き方ができんのか?」

呆《あき》れて注文をつけると、

「細《こま》け〜こと言うなよ、ジジイかよ」

と一気に不機嫌《ふきげん》になる。が、途端にくりっと顔の表情を変え、

「な、ヒュブリデってヴァンパイア族いるんだろ? あいつら、強《つえ》えのか? 兄貴も自分を守るので精一杯《せいいっぱい》だったんだろ?」

「余計なことを考えるな」

とウルセウスは釘《くぎ》を刺《さ》した。

「なんだよ、せっかく行くんだからよ。ケチ」

「レオニダスの前に出た時くらい、まともな口の利き方をしろ。おまえは余の妹として行くのだぞ?」

「うるせ～な～。ごちゃごちゃ抜《ぬ》かすんなら行かね～ぞ」

跳《は》ねっ返りの強い妹である。むっとして言い返そうとした時、横からラゴスが割って入った。

「よいではございませぬか。レオニダス王も、ざっくばらんの方がお好きでしょう。リズヴォーン姫《ひめ》にはこのままでいてくださってよろしいかと」

途端にリズヴォーンはくりっと目を輝かせて上機嫌になった。

「ラゴス、いいこと言うじゃね～か。おまえ、やっぱりいいやつだな～」

ウルセウスに対する態度とはまるで違う。

「ただし、お願いが三つございます。ヒュブリデ訪問前にコグニタス殿に会って、お話をされてください。それから、最初にレオニダス王にお祝いを申し上げてください。最後に、祝辞の後、去り際《ぎわ》に賠償問題は解決済みだということで了解《りようかい》しているとお伝えしてください」

とラゴスが念を押《お》す。

「ン？　レオニダスのやつ、賠償金を払えとか言ってんのか？」

ラゴスがリズヴォーンに顔を近づけた。耳に囁く。ハイドラン公爵の密使が伝えた内容を耳打ちしているらしい。

「け〜っ、馬鹿《ばか》なやつ。エルフも馬鹿だな」

と早速《さっそく》妹が悪口を言う。

「けど、なんでわかったんだ？」

「密使が来たのだ」

とウルセウスは答えた。

「どこの密使だ？」

「ハイドラン公爵だ」

「王位争いで負けたやつか？　それ、証拠《しょうこ》あんのか？」

「おまえが知る必要はない」

「見せろよ。人に頼《たの》むくせに見せねえなんて汚《きたね》えぞ」

とリズヴォーンがごねる。ラゴスがリズヴォーン姫に歩み寄った。ハイドラン公爵からの密書を渡す。

「お〜、ほんとだ。書いてる。この印璽《いんじ》がハイドラン公爵って野郎《やろう》のか」

とようやく納得《なっとく》したらしい。

「わかった。ちゃんと言ってきてやる。ジジイの代から、賠償金の問題はもう済んだってことで片づいてんだ。誰《だれ》が払ってたまるか」

そう言うと、用事は終わったとばかりにリズヴォーンはもう背中を向けた。行ってくるという挨拶《あいさつ》もなしである。

（挨拶もできんのか……）

呆れていると、いきなりリズヴォーンはぴたりと立ち止まり、振り返った。

「今日のこと、誰にもしゃべらね～方がいいんだろ？　辺境伯ってやつは、すげ～頭がいいみたいだからな。本当に賠償請求するつもりなのか探りを入れたり、商人に話してネタを提供したりしたら、絶対勘づいて対策してくるだろ？」

ウルセウスは、少し口を半開きに開いた。口はめちゃめちゃに悪いが、頭はそうではなかった。むしろ、自分と同じ切れ者だった。満足してウルセウスは命じた。

「余とラゴスとおまえとネストリア以外、知る者はおらぬ。おまえはヒュブリデでレオニダスに不意打ちをかけよ。辺境伯にはゆめゆめ説得されるな。魔物《まもの》の言葉に耳を傾《かたむ》けるな」

4

その五階の部屋からは、宮殿の段丘《だんきゅう》状のテラスがよく見えた。段丘の果てに見えるのは、レグルス共和国首都パラティウムの町並みである。

最高執政官《しっせい》の執務室《しつむしつ》から窓ガラスに面して手紙を読み終えたのは、片方の肩《かた》から白いマントを羽織った、三十代後半の男だった。短髪《たんぱつ》で、顔の輪郭《りんかく》は長方形。額は高く盛り上がっている。双眸《そうぼう》は険しい。彫りの深い思慮《しりよ》深《ぶか》げな顔だちである。髭《ひげ》はないが、耳は大きく尖《とが》っている。

エルフだけの国の国政を取り仕切る男、レグルス共和国最高執政官コグニタスだった。コグニタスのすぐ左隣《ひだりどなり》には、禿げ頭の六十代の男のエルフが並んでいた。育ちの悪い土壌《どじょう》で枯《か》れた苗《なえ》のように、わずかばかりの白髪《しらが》が両耳の上に残っている。コグニタスの右腕《みぎうで》、元老院議長ディアロゴスである。

すでにハイドラン公爵の密使は去っていた。四カ国の平和を願う気持ちからお伝えすることにした、と使者は説明していた。

由々《ゆゆ》しき内容の手紙であった。国王推薦会議で、レオニダスはマギアの賠償問題にけりをつけると宣言したのだ。けりをつけるとは、間違いなく賠償金を支払わせるということだ。

レオニダスの父モルディアス一世も、即位時に賠償請求を行っている。だが、マギアが拒絶《きょぜつ》して以降、再び請求した記録はない。マギアとの戦争が疫病《えきびょう》で中断して以来、本気で支払わせようとはしていない。形式的には請求するが、実質的には賠償問題は解決済み——

そう、ヒュブリデ側は捉《とら》えているのだろう。それがマギア王国の捉え方であり、レグルス共和国の捉え方でもあった。

だが、レオニダスは違う。レグルス時代の不埒《ふらち》な、不穏《ふおん》な発言。空の力のバックボーン。レオニダスは力の行使も辞さないだろう。おまけにレオニダスとウルセウス一世は互《たが》いに張り合うところがある。レオニダスが本気で賠償問題を追及《ついきゅう》し、マギアに対して本気で賠償をさせようとすれば、両国は五十年前にそうだったように交戦状態に突入するだろう。

国王推薦会議でのレオニダスの発言は、マギア、レグルス、ヒュブリデ、ピュリスの平和を揺《ゆ》るがす、危険な宣言だった。にもかかわらず、エルフの幹部たちはレオニダスを次期国王として選出した――。

「危惧《きぐ》していた通りになったな。あの馬鹿者《ばかもの》が即位すれば、必ずこうなるだろうと思っていたのだ。まさか、同志がよりによって王国一番の愚者《ぐしゃ》を選ぶとは思わなかったがな」

と冷たい皮肉混じりにディアロゴスが言う。コグニタスは黙《だま》っていた。

レオニダス王は、王子時代に五年ほど首都パラティウムに留学していた。兄が亡くなって確執《かくしつ》があり、それから逃《のが》れてきたと聞いている。始めこそ同情したが、同情はすぐに消え去った。レオニダスは毎日女と寝《ね》てばかりいたのだ。ただ、女は妊娠《にんしん》しなかったので、種の力はなかったのだろうが、自堕落極《じだらくきわ》まりない男だった。

コグニタスは、王子時代のレオニダスを記憶《きおく》から浮《う》かび上がらせた。浅薄な、不敵な笑《え》みと生意気な口調が特徴的《とくちょうてき》な男だった。同じく留学中だった、当時は王子だったマギア王ウルセウスが、レオニダスがヴァンパイア族を使って賠償金《ばいしょう》を奪《うば》ってやろうかと言ってきたと話したことがある。

相変わらず軽薄《けいはく》な男だと思ったが、そのレオニダスが王――。そして、軽薄な言葉通り、マギア国から賠償金をせしめることに本腰《ほんごし》を入れようとしている――。

「辺境伯も、もっと賢明《けんめい》な男と思っていたがな。レオニダスの賠償請求に、辺境伯は反対せんかったようだな。反対せぬということは同意したも同じ。あれだけ四カ国の平和に尽《じん》力《りょく》した男が、戦争の火種をわざわざ見逃《みのが》すとはな。どうやらマギアが憎いようだな」

とディアロゴスが皮肉をつづける。「賢明な男と思っていたが」とは、意外に馬鹿であったなという批判である。

「見逃すのか？　まさか、ヒュブリデの肩を持つつもりではあるまいな。ヒュブリデに賠償請求をさせるつもりか？」

ディアロゴスが挑発《ちょうはつ》する。

見逃すつもりはなかった。公爵は恐らく真実を告白している。だが、自分に手紙を送ったことには裏がある。どうあっても、レオニダスと辺境伯に打撃を与えたいのだろう。四カ国の平和に影響《えいきょう》があるのなら公爵の告白を利用するつもりはないが、むしろ、賠償請求の方が四カ国の平和に致命的《ちめいてき》な影響を与える。

それでも、情報確認は必要だ。コグニタスは呼《よ》び鈴《りん》を鳴らした。すぐに側近のエルフが姿を見せた。

「レオニダスと辺境伯の状況《じょうきょう》を探ってきてほしい。本当に賠償請求をするつもりなのか、突き止めよ。ただ、探っていることを悟《さと》られるな。もし賠償請求するつもりでいるのなら、探っていることが悟られれば我が方が不利になる。決して悟られるな」

エルフは軽く一礼して、速《すみ》やかに部屋を出ていった。

「疑っているのか？　まさか、何もせぬつもりではあるまいな」

ディアロゴスが疑《ぎ》惑《わく》の目を向ける。コグニタスは微笑《ほほえ》んだ。

「まさか、議会に諮《はか》るつもりか？　ヒュブリデに筒抜《つつぬ》けになるぞ」

「それは承知している」

とコグニタスは答えた。レグルス元老院議会には、親ヒュブリデ派の者たちが大勢いる。このたびの問題を議会に諮れば、親ヒュブリデ派の者たちを通してヒュブリデに伝わってしまう。そうなれば、あの辺境伯のことだ。必ずや手を考えてくるだろう。きっと賠償請求をマギアに呑《の》ませてしまうに違いない。そして、また争乱の種が芽生える――。

「賠償請求はさせるのか？」

ディアロゴスがまた尋《たず》ねてきた。何があっても、コグニタスの言質《げんち》を引き出したいらしい。コグニタスは、強い瞳《ひとみ》を向けて言い放った。公式の声明発表に近い、非常に公的な、政治的な意味を込めた物言いだった。

「賠償請求に関する限り、レグルスはマギアの楯《たて》となり、ヒュブリデ王への矛となる。いかなる理由であれ、マギアへの賠償請求は許されてはならない。賠償問題について、我々レグルスは全面的にマギアを支援《しえん》する。愚かな王は打ち砕《くだ》かれねばならぬ——愚かな側近もな」

# 第九章　ヒュブリデの探り

1

マギア王国とレグルス共和国の二つの国で、黒マントの騎士はそれぞれの国家元首から手紙を受け取って宮殿を出た。向かう先は、王都近くのベルフェゴル侯爵《こうしゃく》の邸宅《ていたく》——。

2

フェルキナ伯爵《はくしゃく》の命《めい》を受けて船でテルミナス河を東に下り、マギア国の一番の港ダルジに着いたヒュブリデ商人は、珍《めずら》しい一行にすれ違った。王の妹、リズヴォーン姫がアマゾネス軍団を引き連れて船に乗り込むところだったのだ。

（どこへ行くのだ？　我が国か？）

船はすぐに離岸《りがん》して、まっすぐ対岸へ向かっていく。

（レグルスか？）

テルミナス河を挟《はさ》んで、マギア国の対岸にはレグルス共和国がある。別段、リズヴォーン姫が出掛《でか》けても不思議ではない。

（まさか留学でもなさるおつもりか？　それとも、ヒュブリデのことでご相談でもあるのか？）

最後に結婚の可能性を考えて、商人は首を横に振った。それはない。リズヴォーン姫は結婚嫌《けっこんぎら》いで有名なのだ。

3

リズヴォーンは船に乗ってテルミナス河に出たところだった。風が心地《ここち》よい。すぐそばには親衛隊隊長のネストリアが控えていた。正直、あまり好きな女ではない。兄と肉体関係にあるというのも、気に入らない理由だ。

「よい風でございます」

とネストリアは話しかけた。リズヴォーンは答えなかった。

「コグニタス殿には失礼のないようにお願い申し上げます。乱暴な口調は――」

「コグニタスには子供の頃《ころ》から何回も会ってんだよ。どうしゃべろ～が勝手だろ～」

とリズヴォーンははね除けた。

「勝手というわけにはまいりません。姫様《ひめさま》の物言いによってレグルスとの関係に亀裂《きれつ》を走らせるわけにはまいりません」

ネストリアの言葉に、再びリズヴォーンは言い返した。

「うるせ～んだよ。やることはやる。レグルスと手を組んでヒュブリデの賠償請求を叩き潰《つぶ》す。おまえは黙ってろ」

４

ヒュブリデからの商人と聞いて、マギア王ウルセウスは反射的に「会わぬ」と拒絶した。今はヒュブリデと聞くだけで虫酸《むしず》が走る。我が国から賠償金をせしめようとしている不届き者の国。我が国からさらにむしり取りに来たのか。

「以後、ヒュブリデの商人は接見《せっけん》せぬ。そう申し伝えよ」

官僚《かんりょう》たちに命令すると、しばらくして宰相ラゴスが王の執務室に入ってきた。自分を諫める時の、厳しい表情を浮かべていた。

「商人の接見をお断りされると、辺境伯《へんきょうはく》に勘づかれますぞ。勘づかれては、対策を練られます。すぐに取り消しをなさいませ」

ウルセウスは、はっとした。

確かにそうだった。辺境伯はとにかく聡明《そうめい》なのだ。少しの印でも、気づく可能性がある。

ウルセウスはすぐに下僚《かりょう》を呼んだ。

「ヒュブリデの商人を引き入れよ。接見禁止は取り消しだ」

5

我が王にはお会いになれない——。

一度そう断られたのだが、すぐにヒュブリデ商人はウルセウス王に会うことができた。官僚の早とちりであったのだ、とウルセウス王は説明した。

我が王について何を危惧されますか、何を期待されますか、とヒュブリデ商人が探りを入れると、王らしい振《ふ》る舞《ま》いを期待している、王らしからざる言動を危惧していると返答された。賠償問題のことは出てこなかった。

つづいてヒュブリデ商人は、宰相ラゴスにも謁見を申し込んだ。だが、多忙《たぼう》を理由に宰相には会えなかった。

本当に忙《いそが》しいのか。それとも、辺境伯に対して距離《きょり》を置こうとしているのか……。

（ひとまずフェルキナ伯爵にお伝えせねば……）

# 第十章　ラケル姫の胸

## 1

無数の星々が夜空を埋《う》め尽《つ》くしていた。まるで銀の砂を空中にばらまいて、そのまま固定してしまったみたいだ。

ヒロトは天幕にこもってヴァルキュリアとベッドに潜《もぐ》り込んでいた。ゲゼルキアやデスギルドたちとの宴会《えんかい》は楽しかった。女たちは、腰をくねらせて踊《おど》っていた。ゲゼルキアもデスギルドも、踊りの中に入ってダンスを披露《ひろう》していた。ヴァンパイア族の女たちは、皆《みな》、セクシーだ。

王族御用達《ごようたし》の真っ白の温泉があるという話をすると、ゲゼルキアもデスギルドも興味を惹《ひ》かれていた。白い温泉など、聞いたことがないという。今度遊びに来てよと誘《さそ》うと、目を輝《かがや》かせていた。交流は大成功だった。

ヒロトは暗がりの中で目を開いて天井《てんじょう》を見上げた。森の奥《おく》から、動物の鳴き声が聞こえてくる。ヒュブリデに来た時にはこの獣《けもの》の音にドキドキしたものだが、今はすっかり慣れてしまった。

ヴァルキュリアはすっかり眠《ねむ》り込んでいた。だが、ヒロトはなかなか寝つけなかった。望む結果を得られたのに、睡魔《すいま》は訪れてくれない。

（ラケル姫、大丈夫《だいじょうぶ》かな……）

姫君《ひめぎみ》がヴァンパイア族のところに泊《と》まるのは初めてである。

（ちょっと様子を見てくるか）

ヒロトはベッドから起き上がって天幕を出た。つまずかないように注意しながら、真っ黒な広場を歩く。星明りもあって、だんだん目が慣れてきて見えるようになってきた。

ラケル姫の天幕はすぐにわかった。外に北ピュリス人の衛兵が立っていたのだ。おまけに天幕の中ではランプが灯《とも》っていた。

「姫君は？」

「今お休みに――」

きゃっ！　と天幕の中から悲鳴が上がった。ヒロトは衛兵と向き合った。

（何があったんだ⁉）

「姫！」

ヒロトは慌《あわ》てて天幕に飛び込んだ。ランプが円形の天幕の中を照らしだしていて、上半身裸《はだか》の美女が少しのけぞっていた。その一メートル先にいたのは、細長い黒い身体と長い尻尾《しっぽ》――テンのような生き物だった。

（え？）

テンのような生き物は、さっとジャンプして天幕の外に出た。あとには、半裸《はんら》のラケル姫とヒロト――。まるでラグビーボールのように豊満に突《つ》き出したオッパイが二つ、褐色《かっしょく》の胴体《どうたい》にぶら下がっている。

ラケル姫と視線が合った。

「きゃっ！」

ラケル姫は慌てて胸を両手で隠《かく》した。

「すみません、一大事かと――」

とヒロトは慌てて背中を向けた。

「姫様、大丈夫ですか！」

「入るな！　何もない！」

とラケル姫が姫様口調で衛兵に命じる。ヒロトは慌てて天幕を出た。

「いったい何が――？」

衛兵に聞かれて、

「ただの小さな獣です。今、出て行きませんでしたか？」

「ええ、テンだと思いますが」

「それで驚《おどろ》かれただけです」

とヒロトは答えた。衛兵は表情を和《やわ》らげた。なんだ、そんなことか……という顔だった。

だが、ヒロトの心臓はバクバク鳴っていた。

（ラケル姫のオッパイ、おっきかった……！　凄《すご》かった……！　思わず見ちゃった……！）

2

翌日の昼――。

ヒロトはベルメドの森を後にしようとしていた。すでに馬は用意されている。キュレレと相一郎《そういちろう》は一足早く出発した。あとはヒロトたちだけである。

（今日も頼むぞ）

自分が乗る馬の首を撫《な》でていると、

「ヒロト様……」

ラケル姫の声だった。丸い襟《えり》のついた、一枚布を着ている。首から同心円状に模様が描《えが》いてあって、かなりラフな服装である。それでも、胸の隆起《りゅうき》は隠せない。

ヒロトは昨夜のことを思い出した。天幕で見たオッパイが浮かぶ。

「あの……昨夜……」

とラケル姫がうつむいた。言葉が消える。ヒロトは緊張《きんちょう》した。何を言おうとしているのか、わかってしまったのだ。

きっと昨夜のことだ。

(どう誤魔化《ごまか》す？)

思案しているうちに、

「何か……ご覧になりました……？」

とラケル姫は探りを入れてきた。

「いえ……咄嗟《とっさ》だったので……」

ヒロトは嘘《うそ》をついた。嘘だとわかっていての嘘だった。見ましたと言えば、ラケル姫は恥《は》じ入ることになる。高貴な姫に恥を掻かせるわけにはいかない。

「ヒロト様にならご覧に……」

「え？」

全部を言い終わらずにラケル姫は背を向けて去ってしまった。入れ代わりにヴァルキュリアが歩いてきた。

「ゲゼルキアとデスギルドが来たぞ」

ヒロトが振り返ると、見送りのヴァンパイア族たちが集まっていた。ゲゼルキアとデスギルドはもちろん、薄《うす》いピンク色の真珠《しんじゅ》のネックレスを首に着けて笑《え》みを浮かべていた。各氏族長の妻たちも、真珠のブローチを服に留めて温厚《おんこう》な表情を見せている。いつもより も表情が明るく見えるのは、間《ま》違《ちが》いなく真珠効果だろう。

ヒロトは改めてゲゼルキアに顔を向けた。

「お別れ前に、一つ大切なことを。前王モルディアス一世との間に結ばれたベルメドの森をめぐる協定は、レオニダス王の下でも引き継《つ》がれます。つまり、レオニダス王の下でも、ベルメドの森の開墾《かいこん》は禁止されるということです」

ゲゼルキアがにやっと笑みを見せた。

「解禁にしやがったら、ぶん殴《なぐ》るところだ」

「その前に、モルディアス王が墓から蘇《よみがえ》って、息子《むすこ》を殴るよ」

ゲゼルキアが破顔した。

「また是非遊びに来い。いつでも大歓迎《だいかんげい》だ」

と笑顔で言う。

「うちのところにも来い。なんでも頼みを聞いてやるぞ」

とデスギルドも笑顔で声を掛《か》ける。心から滲《にじ》み出る笑顔だった。ヒロトが出会ってから、なかなか打ち解けた笑顔を見せることはなかったが、昨日の真珠のネックレスは相当効いたようだ。

（なんでも頼みか……。いい言葉だ）

そう思ったところで、ふと閃《ひらめ》いた。王都に戻《もど》った後、ヒロトはルシニア州へ向かうことになっている。五十年前の事件を知っている者から直接話を聞くためだ。だが、ヒュブリデ側だけでは一方的なものになってしまう。マギア側の目撃者《もくげきしゃ》もいれば――。

「五十年前にルシニア州の長官が狩《か》りの最中に殺された話、知ってる？」

とヒロトは話を振ってみた。

「何だ、それは？」

とゲゼルキアは知らない様子である。

「聞いたことがある」

とデスギルドは答えた。彼女《かのじょ》の方は知っていた。

「当時マギア側で目撃《もくげき》した人間っていないかな？」

「無理だろ」

　とゲゼルキアが突っ込む。

「部下に当たらせよう。言うことを聞かぬやつには、真珠のブローチをくれてやる」

　とデスギルドが微笑む。真珠の力は強烈《きょうれつ》であった。

「ありがとう。連絡はルシニア州のリンペルド伯爵に直接伝えるか、ゲゼルキアの部下にリンペルド伯爵に伝えるように言ってくれれば、とても助かる。リンペルド伯爵は、ルシニアの州長官《しゅうちょうかん》なんだ」

　デスギルドはうなずいた。そろそろお別れの時間だった。

「二人も、宮殿《きゅうでん》に遊びに来て。どれだけヴァンパイア族が美人か、見せつけて新しい王をびびらせてやって」

　ヒロトの言葉にゲゼルキアとデスギルドは笑った。

「どちらが美人か聞いてやらねばな」

　とデスギルドが悪戯《いたずら》っぽい表情を浮かべる。

「わたしに決まっている」

　とゲゼルキアが言い、デスギルドといっしょに吹《ふ》き出した。二人とも、相変わらず仲はいいようだ。

「じゃあ、また！　今度は温泉で」

とヒロトはウインクし、最初にデスギルドと、次にゲゼルキアと抱《だ》き合った。それから馬に跨《また》がった。ヒロトのすぐ後ろにヴァルキュリアが乗る。

「ま～たな～♪」

ヴァルキュリアが陽気に手を振った。ヒロトは馬を反転させ、王都へ戻りはじめた。

3

すでに茶色の馬車はベルメドの森を離《はな》れて、オルシア州の町中を抜けていた。馬車から少し顔を覗《のぞ》かせて目を見開いているのは、垂れ目の童顔のおちびちゃん――キュレレである。

オルシアの町を通ることはあまりない。ヴァンパイア族の居住地域との境にベルメドの森を控《ひか》えるだけあって、緑豊かな町並みである。道幅《みちはば》は広く、ところどころ両側に柏《かしわ》の木が見える。

キュレレは目をぱちぱちさせた。これから向かう先は王都エンペリアである。新しい王が即位《そくい》したので、挨拶に行くのだ。キュレレの目的は本である。前の王様は、たくさん本をくれるいい王様だった。いつもにこにこして「キュレレ姫や」と笑顔で迎《むか》えてくれるいい人だった。

新しい王様は、キュレレが壺《つぼ》を割ったのに一度かばってくれたから、悪い人ではないのだろうが、本をくれるのかはわからない。

（本、くれるのかな……）

とキュレレは思った。

（それとも、真珠？）

デスギルドとゲゼルキアの二人のお姉様たちは、真珠のネックレスをもらって浮かれていた。キュレレも真珠のブローチを持っているが、ネックレスではない。そしてお姉ちゃんはネックレスを持っている。

正直、キュレレも欲《ほ》しい。でも、今までいっぱい本をもらってるし、真珠のブローチも持っているから、欲しいなんて言えない。でも、本当は欲しい。

（道に落っこちてないかな……）

キュレレは走る馬車から道を眺《なが》めた。でも、道には土と石ころしかなかった。

# 4

王都そばのベルフェゴル侯爵の邸宅では、ハイドランが二通の手紙に表情を弾《はず》ませていた。ハイドランの隣《となり》にはベルフェゴル侯爵もいる。そして二人の前には、二人の黒マントの騎士《きし》が立っていた。マギア王国とレグルス共和国から、それぞれ元首の返事を持って戻ってきたのである。

レグルス共和国最高執政官コグニタスは、手紙を奪われることを危惧してか、抽象的《ちゅうしょうてき》な物言いで記していた。

《なされざるべきはなされるべきではない。なされざるべきがなされることによって平和が破壊《はかい》されてはならない。平和を守るためには手をつなぎ合わねばならない》

なされざるべきとは、賠償請求《ばいしょうせいきゅう》のことだった。なされざるべきがなされてはならないとは、賠償請求がなされてはならないということである。手をつなぎ合わねばならないとは、互いに協力することが必要だ、レグルスは協力するつもりだということである。レグルスの最高執政官が動いたのだ。

「本当ならば、決して許されてはならないと。レグルスとマギアと公爵《こうしゃく》とで力を合わせて阻止《そし》せねばならないと。そして、閣下の善意と勇気に感謝申し上げると、そうコグニタス殿《どの》はおっしゃっていました」

と騎士が告げる。

うれしき言葉だった。自分の誉《ほま》れがまた追加された。自分はヒュブリデのため、そして諸国のために動いたのだ――王族らしく、誇《ほこ》りをもって。

マギア王ウルセウス一世からの返事も色好《いろよ》いものだった。

《ならぬものはならぬものであり、ならぬものをなしてはならぬ。ならぬものがなされぬためにこそ、心を合わせねばならない。我《わ》が妹リズヴォーンを送るゆえ、是非《ぜひ》、ご尽力いただきたい》

示し合わせたようにコグニタスとの物言いが同じというのが、レグルスに留学していた経験を持つウルセウス一世らしい。心を合わせてとは、公爵と協力するという意味である。レグルスからも協力の手紙をもらっているので、マギア－レグルス－公爵の三者の協力関係が成立したことになる。おまけに、ウルセウス一世の手紙には実妹《じつまい》のリズヴォーンを派《は》遣するというお土産までついていた。ラゴスではなくリズヴォーン――。リズヴォーンは相当気が強いと聞いている。ラゴスならば賠償請求に対して柔軟《じゅうなん》に対処する可能性が残るが、リズヴォーンならその可能性はない。ウルセウス一世は、ハイドランの手紙にしっかりと応《こた》えてくれたのだ。

ウルセウス一世とコグニタス最高執政官に手紙を送る前、ハイドランは二人が行動を起こすだろうと予想した。二人は必ずレオニダスと辺境伯《へんきょうはく》を牽制《けんせい》するに違《ちが》いない。使者を派遣して、賠償金《ばいしょうきん》には応じないと宣言するだろうと。

すでにウルセウス一世はそのつもりで動いている。コグニタスも外交使節に「賠償請求には応じない」と言わせるつもりだろう。マギアとレグルスに賠償請求を封《ふう》じ込められて、レオニダスは非難の矢面《やおもて》に立たされる。レグルスとの関係悪化を惧《おそ》れて、エルフたちもレオニダスと辺境伯に賠償請求を放棄《ほうき》するように促《うなが》すだろう。そして恐《おそ》らく、レオニダスはごねる。辺境伯はレオニダスの手綱《たづな》を握《にぎ》れなくなる。早くも、レオニダスの王権はほころびる。

ハイドランは興奮を覚えた。自分が密使を送ったことで、世界が動きだしている。マギアもレグルスも、レオニダスとヒロトを封じ込めにかかっている。そしてそのことを、レオニダスもヒロトも知らない。さぞかし痛快な不意打ちとなるだろう。否、不意打ちどころでは済まない。国王推薦会議《すいせんかいぎ》で宣言したことをぶち壊《こわ》されて、レオニダスは面目丸潰《めんぼくまるつぶ》れ。レオニダスが推《お》し進《すす》めようとすることに対して、枢密院《すうみついん》でも疑問がつけられるようになる。レオニダスとヒロトが国の主導権を握れなくなるのだ。それこそ、自分たちが望むものである。

「無事、種は蒔《ま》かれ、発芽しましたな」

とベルフェゴル侯爵が微笑んだ。

「大きな木になってくれるとよい。その木の実にレオニダスの廃位《はいい》が実っているとなおよい」

とハイドランは答えた。その言葉に、ベルフェゴル侯爵が答えた。

「レオニダスにとっては、実に大きな挫折《ざせつ》の種となりましょう。閣下と我ら大貴族が、主導権を握ることになるのです。そして我が国は救われるのです」

# 第十一章　高貴な侍女《じじょ》

## 1

宮殿は政治の場であると同時に生活の場である。そして生活に掃除《そうじ》洗濯《せんたく》は欠かせない。ヒュブリデ王国のエンペリア宮殿も同じであった。開けた中庭に設けられた宮殿内《きゅうでんない》の洗濯《せんたく》場には、高貴な侍女たちが集まっておしゃべりをしていた。

十九世紀を経て二十一世紀に生きる我々は、侍女というと身分の低い端女《はしため》と考えてしまう。だが、本当に身分が低くて素性《すじょう》がわからない女は、宮殿のように高貴な人たちが集まる場所では働けない。王族などの貴顕《きけん》の者たちの世話を、素性の定かではない下賤《げせん》の者に任せるわけにはいかないのだ。宮殿で侍女を務めるのは、はっきりした家柄《いえがら》の娘《むすめ》——ある程度の素養やマナーが期待できて身元のはっきりした女——すなわち貴族令嬢《れいじょう》なのである。特に王族の侍女となると、身分の高い貴族の令嬢が務める。

集まっていたのも、上級貴族の娘たちであった。血筋が高貴であれ、おしゃべり好きであることに変わりはない。そして、新入りに対して差別意識を持つことも――。

「最近、辺境伯《へんきようはく》様のお姿を見ないね」

と一人が言い、

「知らないの？　吸血鬼《きゆうけつき》のところに行ったって噂《うわさ》だよ」

と赤い髪《かみ》の物知りの一人が返した。

「それでいないんだ」

「卑《いや》しき腰元《こしもと》はいるけどね」

と赤い髪の物知り女は、冷たい皮肉を突き刺《さ》した。仲間たちは、ああ、あれねとばかりに冷めた首肯《しゆこう》を見せた。

辺境伯が連れてきた二人の女は身分卑しき女だった。一人は眼鏡の女で、田舎《いなか》の城主の娘だそうだ。だが、宮殿に務める侍女からすれば、庶民《しよみん》も同然だ。もう一人はもっと卑しき女だった。包帯だらけの気味悪いミイラ族の娘である。

「昨日も、ここに来てたよ」

と一人が告げ口する。

「おお、汚《けが》らわしい。水が腐《くさ》ってしまうわ」

と赤い髪の物知り女が毒舌《どくぜつ》を吐《は》く。だが、咎《とが》める者はいない。誰《だれ》も、それを毒舌とは思っていないのだ。

「芋虫《いもむし》って、どこでも湧《わ》いて出るでしょ？　芋虫に節操はないのよ。だから、どこでもかまわず湧いて出てくるのよ。そこが一番汚らわしい理由なのよ」

と赤い髪の物知り女が悪態をつづける。

「あっちの公園でいっぱい湧いてるよ」

と一人が話題を受ける。でも、別の女が冗談《じょうだん》で応えた。

「毛虫は節操があるのかしら？」

赤毛の物知り女は眉《まゆ》をひそめた。

「毛虫も同じでしょ。あんなのはね、人に踏《ふ》みつぶされるために存在するのよ」

「またここに来たらどうする？」

と一人が心配そうに尋ねた。赤毛の物知り女は答えた。

「精霊《せいれい》様に祈《いの》るわ。どうか誰かに芋虫が踏みつぶされますように」

2

翌日、白いパフスリーブの上着の上から胸の谷間が開いたワンピースを着て、ミディアムヘアの金髪《きんぱつ》の少女が大きなたらいにシーツを入れて洗濯場に近づいてきた。

ヒロトの世話係、ミイラ族のミミアである。食事の支度《したく》はあてがわれた敷地内《しきちない》でできるが、さすがに洗濯となると洗濯場に行くしかない。だが、洗濯場はどこも混んでいる。ところが、いつも通っている洗濯場とは違うところが空いていることに、昨日気づいたのである。それでまた二日つづけてやってきたのだった。

自分を王宮まで連れてきてくださったヒロト様は、宮殿にはいない。北西のオルシア州まで旅して、そろそろ戻ってくるはずだ。それまでにシーツも洗ってしまいたい。

先に陣取《じんど》っていた赤い髪の毛《け》の女が、ちらっと冷たい一瞥《いちべつ》を向けた。あまりいい感じはしなかった。でも、空いているのは隣である。ミミアは隣にたらいを置いた。その途端《とたん》、赤毛の女がいきなりたらいを持ち上げた。中に入っていた水が傾《かたむ》き――一気に自分に降りかかった。

ずぶ濡《ぬ》れだった。頭から肩《かた》、そして背中にかけて、たらいの水が滝《たき》のように降りかかったのだ。

「あら、いたの。気づかなかった。芋虫がいるのかと思った」

冷たい声に冷たい一言だった。気づかなかったはずがなかった。ミミアが来た時、ミミアに一瞥をくれたのだ。

赤毛の女はたらいと洗濯物《せんたくもの》を担《かつ》いで、何も謝罪せずに洗濯場を出ていった。お仲間なのか、二人の女が冷笑《れいしょう》を向けて赤毛の女のあとをついていった。

ミミアは眉と顎《あご》から雫《しずく》を垂らしながら、うつむいていた。

慣れっこのはずだった。

故郷のソルムにいる時から、差別的な視線と仕打ちには慣れてきた。あの頃はまだ自分は汚《きたな》い包帯を巻いていて、見るからに白い芋虫が歩いているみたいだった。そして自分がソルムの町中を訪《おとず》れると、「芋虫が来た!」と子供に小石を投げられた。みんなからお金を預かって酒屋にお酒を買いに出掛けた時も、酒を手に入れた後にわざと身体をぶつけられて、酒瓶《さかびん》を落とされたことがある。陶器の酒瓶は粉々になって、酒は地面に全部吸い取られてしまった。

《気をつけろ、芋虫》

悔《くや》しかった。洞窟《どうくつ》に戻ってきてみんなに報告したら、悔しくて涙《なみだ》が止まらなくなった。どうして自分たちは、ただミイラ族というだけでこんな差別を受けなければならないのか。ミイラ族というだけでこんなひどい仕打ちを受けなきゃいけないのか。

そんな中、出会ったのがヒロト様だった。ちょうど、雨の日だった。ずぶ濡れになると思って雨宿りを求めて大きな木の許に飛び込んだら、ヒロト様に出会ったのだ。いっしょにいた騎士は、あからさまにいやそうな顔を見せていた。

《あっちへ行け》

そう騎士に言われて、頭を下げて雨の中へ出ようとしたら、

《行かなくていいよ。雨宿りしていきなよ》

そうヒロト様が言ってくださったのだ。

《おいで》

そう言ってヒロト様は自分の手をつかんでくれた。温かい手だった。騎士はいやがったが、

《騎士なんだから騎士道《きしどう》精神を発揮してよ♪》

とヒロト様は騎士にウインクしてみせた。

《騎士道精神は化け物には行わぬ》

拒否《きよひ》する騎士を、

《緊急時《きんきゅう》には、ライオンだって他の動物といっしょに洞窟に避難《ひなん》したりするんだよ。おれの砦《とりで》の着任祝いに許してあげてよ》

と説得してくれた。そして、

《大丈夫だよ。いっしょに雨宿りしよう》

と自分を木の下に引き入れてくれたのだ。あの後、一気に雨足が強まったから、ヒロト様が引き入れてくれなければ、自分はずぶ濡れになっていた。

信じられなかった。

自分たちミイラ族に優《やさ》しくしてくれる人間がいるなんて――。城主になったヒロト様に世話係に抜擢《ばってき》されたのは、その後である。以来、差別はあまり経験せずに生きてきた。ヒロト様のおかげでいっぱい人間の服を着られて、差別やひどい仕打ちとは無縁《むえん》で生きてきた。でも――。

ミミアはヒロト様のことを思い出しながら、ずぶ濡れのまま、シーツを洗いはじめた。

## 3

ミミアが部屋に濡れて帰ってくると、エクセリスは大いに驚いた。

「どうしてこんなに濡れちゃったの⁉」

と声色《こわいろ》を一トーンも高く跳《は》ね上げた。

「ちょうどかかっちゃって……」

とミミアは嘘をついた。大事《おおごと》にしたくなかったし、エクセリスに言っても仕方がないと思ってしまったのだ。ソルムの村外れにいた時も、ミイラ族以外の人たちは助けになってくれなかった――ヒロト様が現れるまでは。

「いじめられてるわけじゃないよね？」

とエクセリスが鋭《するど》い眼差《まなざ》しを向けた。咄嗟にミミアは首を横に振った。

余計な心配を掛けたくなかった。エクセリスは、ヒロトのお手伝いで毎日きりきり舞いなのだ。ヒロトがいなくても、ヒロトを頼《たよ》って宮殿に大勢の人がやってくる。その人たちに会って陳情《ちんじょう》を聞くのは、エクセリスの役割である。そのエクセリスに余計な負担を掛けたくなかったのだ。

「なら、いいけど」

エクセリスもそれ以上、追及《ついきゅう》しなかった。

翌日、ミミアはまたシーツとたらいを担《かつ》いで朝から出掛《でか》けた。昨日、ヒロト様の寝台《しんだい》のシーツは洗い終えた。予備のシーツも洗ってしまおうと思ったのだ。

一気に洗えばよかった？

干せるスペースは限られている。シーツを干すには、ずいぶんとスペースがいる。

やっぱり洗濯場は混んでいたが、また端っこだけが空いていた。少し離れたところに、昨日の赤毛の女がいる。

（今日なら平気みたい）

腰《こし》を下ろすと、いきなり赤毛の女が近づいてきて、たらいを全部ぶちまけた。今度は水はかからなかった。代わりに降ってきたのは――毛虫だった。太い眉毛《まゆげ》がそのまま生き物になったような気持ち悪いやつが、何十匹《びき》も頭から降りかかったのだ。

ミミアは悲鳴を上げた。腰が抜《ぬ》けて、ひっ、ひっと声が洩《も》れた。赤毛の女がつんざくような笑い声を響《ひび》かせた。

「おまえのお友達よ。仲良くなさい」

そう言って、仲間の二人の女たちと笑いながら洗濯場を出ていった。

ミミアは思い切り泣きそうになりながら、声もなく洗濯場を飛び出した。たらいもシーツも置いたまま、廊下《ろうか》に飛び込んだ。まだ歩いていた赤毛の女たちがまた笑い声を響かせた。侮辱され、尊厳を傷つけられて、心が爆発しそうだった。悲しみで自分の中が砕けてしまいそうだった。傷が深すぎて涙が出てこない。赤毛の女のそばを抜けたところで、角を曲がって現れた長身の眼鏡と手をつないでいたおちびちゃんに当たりそうになった。

「ミミア!?」

知っている声だった。顔を向けると、やっぱり知っている顔だった。

「相一郎様《そういちろう》……」

ヒロト様のお友達の名前を口にしたら、心が砕けた。ミミアはその場に崩《くず》れ、激しく嗚《お》咽《えつ》を始めた。

4

突然《とつぜん》泣きだしたミミアに、相一郎は狼狽《ろうばい》した。久々に王都に来てミミアに再会したと思ったら、いきなり目の前で泣きだされてしまったのだ。

男らしい男なら、すぐに優しく声を掛けられるのだろう。ヒロトなら、絶対そうするに違いない。でも、相一郎は違う。泣きだした女の子の扱《あつか》い方《かた》なんか知らない。そもそも、彼女をつくったこともない。

（いや、ちょ、な、なんで……どうすりゃ……）

狼狽した相一郎の目に――ミミアの肩に蠢《うごめ》く毛虫が飛び込んできた。見れば、もう片方の肩にも毛虫がいる。

「うわっ、毛虫！」

頭の中で疑問符《ぎもんふ》が舞《ま》った。

（なぜ毛虫⁉）

思い切り疑問を覚えているのに、相一郎は反射的に手で毛虫を払《はら》った。ミミアの腕《うで》にも毛虫がついている。

「なんで毛虫――」

ふいにキュレレにズボンを引っ張られた。

「相一郎」

キュレレが指を差していた。その先に――たらいを持った赤毛の女がいた。宮廷《きゆうてい》の侍女である。どこか人を小馬鹿《こばか》にしたような、変に上品な顔だちの女だった。

（こいつが何？）

「毛虫」

とキュレレが告げた。

「毛虫？」

キュレレが指を下げる。その先にはたらいがあった。そしてたらいには――毛虫が二匹、もぞもぞと動いていた。

「あら、こんなところにお仲間が」

と赤毛の女が言い、仲間の二人の女たちが笑った。その冷たい笑い方、人を馬鹿《ばか》にしたような笑い方に、相一郎は怒りとともに直感を揺《ゆ》り動かされた。

　この笑い方。

　この嘲笑《あざわら》う声。

（こいつら、ミミアに何かしたんだ……！　こいつらがミミアを泣かせたんだ……！）

　ヒロトの大切な彼女に――おれの大切な親友の彼女に――。

　そう思ったら、もう相一郎は怒鳴《どな》っていた。

「おまえ、ミミアに何かしたろ！」

　赤毛の女が冷めた視線を向けた。

「わたし、オマエって名前ではございませんの。言葉にお気をつけなさってくださいませ」

　やたら丁寧《ていねい》な、しかし高飛車な声調の物言いに、相一郎はさらに確信した。

　間違いない。この女がミミアに何かやらかしたのだ。きっと――。

「おまえ、ミミアに毛虫をぶっかけたな！」

　一瞬《いっしゅん》、赤毛の侍女の瞳孔《どうこう》が凍《こお》りついた。断言されるとは思ってもみなかった様子だった。

　一瞬、息を呑《の》むような沈黙《ちんもく》があり、場が凍結《とうけつ》した。赤毛の女の後ろの女たちも凍りついた。

（間違いない！　こいつが毛虫をぶっかけたんだ！）

　相一郎は確信した。だが、赤毛の侍女はしらばっくれた。

「失礼な言いがかりはよしていただけます？　その女が勝手に毛虫をかぶったんですわ」

「なら、なんでおまえの肩に毛虫がついてんだよ！　なんでたらいに毛虫がついてんだよ！　おまえが毛虫をぶっかけた証拠だろ！」

相一郎は怒って畳みかけた。だが、女はしぶとく憎たらしかった。

「頭の悪い御方ね。オマエではございませんの。ちょっと吸血鬼を従えているからっていい気にならないでちょうだい。虎の威を借る狐が偉そうに。芋虫が毛虫をかぶったからって何ですの⁉」

女がそう言った途端、ミミアが号泣を始めた。芋虫が――の言葉に反応したのだ。女がミミアに毛虫をぶっかけたのは間違いなかった。

頭の血が沸騰した。

自分への冒瀆《ぼうとく》。ミミアへの――ミイラ族への冒瀆。

(嘘をつきやがって……！　何が、偉そうにだ……！　何が芋虫だ……！　何が、毛虫をかぶったからって何ですのだ……‼)

激しい義憤が相一郎を揺り動かした。気がついた時には、相一郎はずかずかと赤毛の侍女に歩み寄って頬を引っぱたいていた。

甲高い音が宮殿の廊下に響いた。

　女の目が躍った。まさか相一郎に殴られるなんて思いもしなかった様子だった。目が躍ったのは一瞬で、すぐに視線は怒りと憎悪の色に変わった。相一郎を睨《にら》みつける。

　だが、相一郎も負けてはいなかった。

「何が芋虫だ！　ミイラ族にそんなことをしていいと思ってるのか！」

「お黙りなさい、この無礼者！　下僕のくせに、よくも――！　あなた、その吸血鬼の使用人でしょ⁉」

「おれは下僕ではない！　相田《そうだ》相一郎だ！」

「そんな名前知らないわ！　よくも無名の庶民がわたくしに暴力を――！　お父様に言いつけてやる！」

　激怒《げきど》する赤毛の女に、

「相一郎、下僕じゃない！」

　とキュレレが翼をばさっ、ばさっと振《ふ》るわせて怒りの抗議《こうぎ》をする。

「覚えていらっしゃい！　おまえなんか、潰《つぶ》してやるから！」

　女はあからさまに殺意をぶつけると、踵《きびす》を返して立ち去った。廊下に落ちた毛虫が、まだもぞもぞと動いていた。まるで赤毛の女の怨念《おんねん》を示すかのように――。

# 第十二章　宮殿の秩序《ちつじょ》

## 1

話を聞いて、エクセリスは激怒した。ミミアがずぶ濡れになった時から、もしかして……という予感はあったのだ。ミミアが否定したので突っ込まなかったが、思った通りだった。否《いな》、思った以上だった。赤毛の女は、たらいいっぱいに毛虫を集めて、それをミミアの頭に振りかけたのである。そして、

《おまえのお友達よ。仲良くなさい》

と嘲笑《ちょうしょう》を浴びせたのだ。そしてそのことを語り終えると、ミミアは我慢しきれなくなって泣きだしてしまった。

「やっぱりそうだったんだ……！」

と相一郎《そういちろう》もキレかけていた。ソルシエールは、驚きのあまり息を呑んでいた。キュレレはミミアの頭を撫でていた。

(絶対に許せない……！)

エクセリスは赤毛の女に、必ず償《つぐな》いをさせてやると誓《ちか》った。ヒロトだって同じことを思うに違いない。

悔しいのは、この場にヒロトがいないことだった。ヒロトがいれば、どれだけ力になってくれたことだろう。

でも、ヒロトはまだベルメドの森から帰ってきていない。いないなら、自分がどうにかするしかない。

赤毛の女を探し出して説教する？

一瞬、エクセリスはそれを考えた。だが、自分はヒロトお付きの書記官でしかない。サラブリア州にいた時なら、自分は州副長官《しゅうふくちょうかん》だったから呼びつけて説教という手が取れたが、宮殿はアウェイだ。

ならば、あきらめる？

まさか。

ミミアはヒロトお付きの女官なのだ。ヒロトが城主だった頃《ころ》からヒロトを支えてきた者なのだ。そして自分たちの仲間なのだ。

(レオニダス王に教える？)

一瞬、それも考えたが、エクセリスはすぐにその手を葬《ほうむ》った。王とエクセリスの間にヒロトほどの強い信頼《パイプ》関係はない。第一、あまりにも個人的な、プライベートなことゆえに話に乗ってもらえないだろうし、そもそも会うことすらできないだろう。国王に謁見《えっけん》を求める者は、年に何千人もいるのだ。

(ならば、使えるのは——)

エクセリスは、まだ涙を拭《ぬぐ》っているミミアに顔を向けた。

めそめそ泣いて女々《めめ》しい？

誰がそんなことを！

頭から毛虫を浴びせられて、その上、おまえのお友達だなどとひどい侮辱《ぶじょく》の言葉を浴びせられて、傷つかない女がいるものか！　ミミアは女々しいから泣いているのではないのだ。人としての尊厳を傷つけられたから、泣いているのだ。尊厳を奪《うば》い返さなければならない。

(絶対報《むく》いを受けさせてやる)

エクセリスは口を開いた。

「ミミア、待ってて。その侍女には絶対報いを受けさせてやる」

「いいんです……ミイラ族は昔からずっとこうだったんです……」

とミミアが泣きながら答える。

「だめよ！　よくないのよ！　今までがこうだったから、これからもこうあるべきなんてこと、ないのよ！　ヒロトだって、絶対放っておかないわ！　その女たちにぎゃふんと言わせようとするはずよ！」

興奮してエクセリスは叫び返した。自分の叫び声《ごえ》で、自分の血が沸《わ》き立った。今はヒロトがいないのだ。自分がミミアの尊厳を取り戻さなければいけない。自分はエルフ、ミミアはミイラ族。種族こそ違うが、同じ仲間なのだ。同じヒロトを好きな同志なのだ。仲間への侮辱を放ってはおけない。元より、ミイラ族へのこんな仕打ちが許されるはずがない。

「ソルシエール、ミミアをお願い。上の人に文句を言ってくる」

眼鏡の少女に頼《たの》むと、エクセリスは部屋を出た。すぐに宮殿の廊下を早足で歩く。

エルフが頼れる者は、エルフしかない。

大長老ユニヴェステルに直訴《じきそ》する？

自分は大長老と懇意《こんい》なわけではない。そして、大長老は忙《いそが》しいのだ。となれば、残る相手は――。

エクセリスは副大司教の部屋を訪れた。部屋の前にはエルフの騎士が警備している。副大司教とも懇意というわけではないが、副大司教は女性だ。女性の自分のお願いとなれば、聞き届けてくれるかもしれない。

エクセリスはエルフの騎士に近づいた。

「わたしは国務卿《きょう》ヒロト殿の書記官を務めております、エクセリスと申します。シルフェリス様はいらっしゃいますか？　お話をしたいことがございます。精霊様がお怒りになるようなことが、精霊の呪《のろ》いを引き起こすようなことがございました。その件でお話を申し上げたいのです。至急お目通りを」

と一気にまくし立てた。

エルフの騎士は、少し待てと告げて部屋の中に入った。

後回しにされる？

後回しにされたら、大長老のところに行くしかない。でも、大長老の方がきっとすぐには会ってくれないだろう――ヒロトが面会に行けば、すぐに会ってくれるのだろうが。

（会ってくれないって言ったらどうすればいい？）

ヒロトを待つしかない？　それしかないかもしれない。

扉《とびら》が開いて、エルフの騎士が顔を見せた。

「お聞きになるとのことだ」

（よかった！）

エクセリスは一安心して、部屋の中に入った。エルフの騎士に連れられて、奥《おく》へと進む。

副大司教シルフェリスは白っぽい木のテーブルに着いて書類を見ていた。きっと精霊教会の各支部から寄せられた報告か陳情書《ちんじょうしょ》だろう。ほんわかした顔つきだが、目元は険しい。

「あまり時間がないの。手早くお願い」

と書類を読みながらシルフェリスは告げた。エクセリスは応えた。

「宮殿内の侍女が、ミイラ族の娘にたらい一杯《いっぱい》の毛虫を浴びせて、おまえのお友達よと言い放ちました。精霊の日であったら、何が起きていたとお考えですか？」

シルフェリスの黙読《もくどく》がぴたりと止まり、顔は動かないまま視線だけがエクセリスを見た。

## 2

同じ頃——

別の人間に直訴した者がいた。宮殿《きゅうでん》そばの別邸《べってい》で直訴を受けていたのは、ハイドラン公爵だった。その前に座して訴《うった》えていたのは、赤毛の侍女であった。

「そなたのことは赤子の頃から知っている。マルゴス伯爵《はくしゃく》も大切にされている」

と公爵がうなずく。赤毛の女は、先日レオニダス王に臣従礼を行ったばかりのクリエンティア州の大貴族、マルゴス伯爵の令嬢《れいじょう》ルビアだった。

「打擲《ちょうちゃく》するとはけしからんことだ。ちびの吸血鬼がそばにいたということは、恐らく、辺《へん》境伯《きょうはく》の近習《きんじゅう》の者に間違《まちが》いあるまい。だが、たとえ辺境伯の近習の者といえども――否、近習の者であるからこそ――マルゴス伯爵のご令嬢に手を上げるなど、決して許されぬこと。秩序は守らねばならぬのだ。こと、宮廷においては――」

　とハイドラン公爵が力を込める。

「恐らく、辺境伯とともにこの世界に来たディフェレンテではないかと思いますが。ヴァンパイア族と仲がよいそうでございます。ブルゴール伯爵の件もございますので、慎重《しんちょう》にご対処された方がよいかと思いますが」

　と眼鏡の女執事《しつじ》が告げる。だが、公爵の意思は変わらなかった。

「ディフェレンテでも同じことだ。ディフェレンテは王ではない。宮廷では尊き者こそが敬われる。尊き者が打擲されることは、あってはならぬことだ。宮廷の秩序を守るためにも、お父上のマルゴス伯爵のためにも、わたしが直々に注意いたそう」

　赤毛の女――マルゴス伯爵令嬢ルビアは、心の中で快哉《かいさい》を叫びながら深々と頭を下げた。

## 3

突然部屋に現れた、ハイドラン公爵の部下を名乗る二人のごつい騎士に、相一郎は面食《めんく》らった。最初に相一郎が感じたのは、

（なんでおれに？）

だった。

なぜハイドラン公爵が自分を呼んでいるのか。

（もしかしてあれ？　っていうか、やっぱあれ？）

侍女の件。

エクセリスは、ハイドラン公爵に話をしに行ったのだろうか。それで公爵が自分を呼んだのだろうか？

相一郎はキュレレを見た。キュレレはきょとんとしている。キュレレに相談をしても仕方がない。

ソルシエールを見た。

「あの……お断りするのは失礼だと思いますが……」

とソルシエールが答える。

確かに失礼だ。相手は王の叔父《おじ》なのだ。王族なのだ。来るように言われて、いやで〜す

なんて返事できるわけがない。

相一郎はヒロトの部屋を出た。宮殿にはフェルキナ伯爵も滞在《たいざい》していたはずなのだが、相一郎はフェルキナ伯爵との関係が薄《うす》く、相談するという手が思《おも》い浮《う》かばなかった。

相一郎はでかい騎士《きし》の後について宮殿の廊下を歩き、宮殿を出た。

（おれに謝《あやま》ってくれるのかな？）

そう考えて、そんなわけがないと相一郎は自分で否定した。でも、申し訳なかったとか何か言うつもりではないのか。あるいは、寛大《かんだい》に許してやれとか、水に流せとか言うつもりか。

（そうはいかない）

やがて広大な公園のような開けた空間が見えてきた。ハイドラン公爵の別邸である。高さ三メートル以上の高い門柱の間を抜けて、中に入る。まるく刈《か》り込まれた植木が両側に並んでいる。その植木を抜けて、屋敷《やしき》の入り口に着いた。これまた高さ三メートルほどのでかい扉が待っていた。

屋敷の中に入る。今のように電気照明のない屋敷は、ひんやりとして暗い。白い壁《かべ》と濃《こい》茶《ちゃ》色の床《ゆか》は、どこか他人行儀《たにんぎょうぎ》だ。他人の部屋なのだから他人行儀で当たり前なのだが、アウェイの感じがする。そのアウェイの中を、騎士は鎧《よろい》の音を響かせて歩いていく。後ろから見ても、ごつい。一八〇センチの相一郎から見て身長はそれほど自分と差があるわけではないが、肩幅《かたはば》が違いすぎる。僧帽筋《そうぼうきん》も違いすぎる。ちょっとしたレスラーか、重量級の柔道《じゅうどう》の選手のような感じである。

騎士が扉の前でノックした。

（いよいよだ）

二人のごつい騎士につづいて相一郎が中に入ると、大きな暖炉《だんろ》が見えた。そのそばに、薄い緑色のふかふかのソファが置かれていた。肘掛《ひじか》けには金箔《きんぱく》が貼《は》られている。そしてそのソファに、ハイドラン公爵《こうしゃく》が座《すわ》っていた。

だが——ソファのそばには、お呼びではない者も並んでいた。相一郎に失礼な言葉を浴びせた赤毛の女だった。

（なんでこいつが——）

いやな気がした。

なぜ、自分に失礼なことを言った女が公爵のそばにいるのか。公爵は自分に寛大に許すように促すために呼んだのではないのか？　エクセリスは？

眼鏡の女が部屋に入ってきた。エクセリスではない。公爵の女執事という感じだ。

「宮殿には秩序というものがある」

とハイドラン公爵は口を開いた。冷ややかな、厳《おごそ》かな口調だった。

「おまえはマルゴス伯爵の大切なご令嬢に暴力を振るった。顧問官《こもんかん》が伯爵令嬢を打擲する
ことは許されておらぬ。宮殿において、身分卑しき者が高貴な者を平手打ちにするなど、
あってはならぬことだ」

（身分卑しき者が高貴な者……）

相一郎は、半ば呆然《ぼうぜん》として高貴な者を見た。

予想外の言葉だった。公爵は相一郎に寛大な態度を促《うなが》すために呼びつけたのではなかっ
たのだ。相一郎を叱《しか》りつけるために呼びつけたのだ。

公爵のすぐそばで、赤毛の女が高慢《こうまん》な表情を向けた。

《覚えていらっしゃい！　おまえなんか、潰してやるから！》

女の台詞《せりふ》が蘇《よみがえ》った。

ほら、わたしの言った通りでしょ。わたしを打擲するからよ。

そう言わんばかりの表情だった。

（くそ！　公爵に言いつけたのか！　この女――！）

恨《うら》みが増幅《ぞうふく》する中、ハイドラン公爵がさらに予想外の命令を告げた。

「ルビアに詫《わ》びよ。辺境伯に迷惑《めいわく》を掛《か》けたくなければ詫びよ」

いきなり謝罪を命じられて、相一郎は耳を疑った。

（詫びよ？　おれが？）

一瞬、言われている意味がわからなかった。あまりにも予想外すぎて、頭が意味を把握《はあく》できなかった。

ハイドラン公爵がつづける。

「辺境伯は、ただでさえ大貴族に不評を買っている。その辺境伯の顧問官が大貴族の娘を打擲したとなれば、さらに不評は広がろう。辺境伯への大貴族の反発も増そう。おまえは辺境伯の顧問官でありながら、さらに辺境伯を不利にするような愚《おろ》かな真似《まね》をしたのだ。辺境伯の敵を増やしたくなければ、今すぐ土下座して詫びよ」

（土下座……！）

遅《おく》れて、いかに自分が泥視《でいし》されている――下に見られているか、いかに見下されているかという事実が、相一郎に襲《おそ》いかかった。

土下座――。

テレビドラマでは何度か見たことがある。ニュースでも聞いたことがある。イタイ人が店員に強制するイタイ技、屑《くず》がお客という立場を利用して行うマウントだ。

それを――目の前の高貴な男が自分に命じている⁉

屈辱的《くつじょくてき》な事実の認識《にんしき》につづいて、怒りが沸き起こった。自分は侮辱されているのだ。舐《な》められているのだ。

（なんでおれが土下座なんかしなきゃいけないいんだよ！　こんな糞女に！）

「断る！」

相一郎は言い放った。

公爵の表情は変わらなかった。代わりに、二人の騎士がいきなり相一郎に歩み寄り、両側から肩をつかんだ。

「何すっ――」

その言葉は、強烈《きょうれつ》な膂力《りょりょく》に呑み込まれた。いきなり両肩《りょうかた》から途方《とほう》もない圧力が襲いかかってきたのだ。

「おまっ、何すんだっ……！」

振りほどこうとしたが、騎士の力は桁外《けたはず》れだった。すぐに膝《ひざ》を突《つ》かされた。それでも抵抗《ていこう》しようとする相一郎の首根っこを騎士がつかんで、無理矢理《むりやり》土下座させようとする。

「おま、やめっ……！」

さらに騎士が相一郎の頭を床に向かって押《お》す。顔が床に近づいた。

（放《はな》せよ！　くそっ、放せよっ!!）

逃《のが》れようとするが、騎士の力が強すぎてまるでどうにもならない。人の肩を破壊するような勢いで、猛烈《もうれつ》な圧力を加えて土下座させようとしてくる。

「何すんだよっ……！　こいつら、ミミアに毛虫を浴びせたんだぞ！　罰《ばっ》せられるべきはその糞女《くそおんな》の方だろう……！」

呻《うめ》く相一郎に、

「口を慎《つつし》め。誰《だれ》に向かって糞女などと申すのか」

と、さらにハイドラン公爵が冷やかな口調で叱責《しっせき》する。

（なんでこんなやつらに！　おれは間違ってないぞ！　悪いことをしたのはこいつらなんだ！　なのに、なんで……！）

悔しかった。

自分に正義があるはずなのに——悪いのは女の方なのに、なぜ自分が土下座させられようとしているのか。

自分に義があるはずなのに——相手に義がないはずなのに——自分が悪者にされている。

そして、それに無理矢理従わされようとしている。

理不尽《りふじん》な屈辱《くつじょく》だった。

無力がこんなに悔しいとは思わなかった。元の世界では、自分の無力さや理不尽さを感じるようなことはほとんどなかったのだ。なのに——。

（なんで——！）

悔しくて涙が溢《あふ》れそうになった。

（おれは悪くない！　悪いのはこの女の方なんだ！　なんで——!!）

# 第十三章　精霊教会規則第二十二条

## 1

ようやくヒロトが宮殿に帰還してラケル姫《ひめ》とヴァルキュリアとともに自分の部屋に戻《もど》った時、最初に感じたのは違和感《いわかん》だった。部屋の雰囲気《ふんいき》がおかしかったのだ。

相一郎《そういちろう》とエクセリスの姿はなかった。部屋にはキュレレとソルシエールとミミアがいた。

そしてミミアはヒロトを見るなり、目を潤《うる》ませたのだ。

（え？　なんで!?　なんで泣くの!?）

ヒロトは一瞬、虚《きょ》を衝《つ》かれた。大粒《おおつぶ》の涙が、ツーとミミアの頬に流れ落ちる。

「どうしたの!?　なんで泣くの!?」

思わずミミアに歩み寄る。

「なんかあったのか？」

とヴァルキュリアもミミアに声を掛ける。ラケル姫も驚《おどろ》きの表情を浮かべている。

「毛虫を浴びせられたんです」

とソルシエールが口を開いた。

「毛虫?」

「なんだ、毛虫って?」

とヴァルキュリアも尋《たず》ねる。ソルシエールが説明を始めた。赤毛の侍女《じじょ》が、前日にミミアに水を浴びせてずぶ濡《ぬ》れにしていたこと。そして今日、無数の毛虫を浴びせて、『おまえのお友達よ』と言ったこと。そのことで相一郎が赤毛の侍女を叩いたこと――。

ヒロトは毛が逆立つくらいの怒りを覚えた。理性の抑制《よくせい》を全部外して狂戦士《バーサーカ》になって、怒りと暴力を爆発《ばくはつ》させたくなった。もし目の前にその赤毛の女がいたら、絶対殴っていたに違《ちが》いない。

「なんてひどいことを……！　そのようなこと、精霊《せいれい》の呪いを引き起こすだけです……！」

いっしょに話を聞いたラケル姫も怒りの声を洩らす。

ヴァルキュリアも激怒していた。

「そいつの名前を教えろ！　わたしが八《や》つ裂《ざ》きにしてやる！」

と、今にも飛び掛かりそうな勢いである。

ミミアはヴァルキュリアにとって異種族なのに？

ヴァルキュリアはヴァンパイア族。ミミアはミイラ族。種族は違う。でも、同じ人間を好きで、お互《たが》いともに過ごしてきた三年間の積み重ねがある。ヴァルキュリアにとっては、ミミアは仲間——同朋《どうほう》なのだ。

「それがわからないんです。エクセリスが上の人に言いに行ったんですけど、まだ戻ってなくて……」

とソルシエールが困った表情を見せた。

「それに、相一郎様も、ハイドラン公爵に呼び出されたばかりで……」

（ハイドラン公爵？）

いやな予感がした。

ハイドラン公爵は自分のことを嫌《きら》っている。政治的にも対立している。その公爵が、相一郎を呼び出した？

「公爵のところに行ったの？」

ヒロトはソルシエールに聞き返した。

「はい。家臣の騎士が二人来てました。すぐ近くの別邸に来るようにと——」

「呼び出されたのはいつ？」

「ほんの少し前です。ヒロト様が来る少し前です」

ソルシエールの返事に、ますますいやな予感がした。ヒロトと対立している公爵がヒロトの親友を呼び出して、いい思いをさせるはずがないのだ。

（まさか、相一郎に対して報復するつもりじゃないよな……）

不安が胸をかすめる。ミミアの敵討《かたきう》ちもしたいが、相一郎のことも同じくらい気になる。

「公爵に呼ばれたのですか？」

とラケル姫が尋ねた。

「みたい」

とヒロトは答えた。

「その女官のことではありませんか？　市井《しせい》の者は宮廷の女官にはなれません。女官には大貴族もいます。フェルキナ伯爵から聞いたことですけど、十年ほど前にも公爵はルシニアの騎士を呼び出して、女官に対して土下座させています。大貴族の娘《むすめ》だったそうです。騎士に蹴《け》られたとかで、その日のうちに呼び出されて謝罪させられたそうです」

はっとした。相一郎の時とそっくりだった。

（それで相一郎が呼び出された!?　まさか、相一郎も土下座させられる……？）

そんな馬鹿なと思った。侍女とは別に何か聞きたいことがあったのではないのか？　その可能性がないとは言い切れない。ヒロトのことで何か聞きたいことがあったのか、何かで相一郎を――。

いや。

あの人はヒロトの側近を呼び出して何か聞き出すとか弱点を探《さぐ》るとか、自分から現場に下りていって情報を集めるような人ではない。上から高みの見物を決め込んで物事を決める人だ。もし相一郎から何か聞き出したいのなら、わざわざ別邸に呼び出さずに、部下自身に聴取《ちょうしゅ》させるはずだ。

(やばい。もし本当に相一郎が土下座させられたら、最悪なことになる)

ヴァルキュリアは、ミミアへの侮辱に対してめちゃめちゃ怒《おこ》っている。咎《とが》めた相一郎を土下座させたと聞けば、激怒するのは間違いない。ヴァルキュリアの父親ゼルディスだって、間違いなく怒るだろう。物語好きのキュレレは、いくら朗読をお願いしても実の父親と姉には肩《かた》すかしをされてばかりだったが、相一郎はいつも読んでやっている。ゼルディスは、朗読してやれない自分の代わりに毎日朗読をしてくれる相一郎のことを、高く評価している。この三年間、キュレレが親と過ごした時間よりも、相一郎と過ごした時間の方が遙《はる》かに多いのだ。起きてもいっしょ、昼間もほとんどいっしょ、寝《ね》る時もいっしょ。べったりなのである。まさに兄妹《きょうだい》同然なのだ。そして、ヴァンパイア族たちもそう捉《とら》えている。その兄同然――一族同然――の相一郎に土下座の屈辱を味わわせればどうなるのか。

屈辱には屈辱を。不正義には報復を。それがヴァンパイア族のやり方だ。ヒロトを殺そうとしたブルゴール伯爵は、ヴァンパイア族に惨殺《ざんさつ》された。公爵が殺されることはあるまいが、それ相応の報復を受けるのは間違いない。きっと公爵の屋敷は破壊《はかい》されるだろう。屋敷が破壊されるだけなら、まだましな方だ。もしヴァンパイア族が公爵の衛兵に危害を加えられれば、大変なことになる。公爵とヴァンパイア族が全面衝突《しょうとつ》することになる。それは、国防の楯《たて》に大きな穴を開けることになる――外交使節が訪問しようという、大切な時期に。

ヴァンパイア族と公爵との関係は修復不能に陥《おちい》るだろう。いや、公爵との関係だけではない。ヴァンパイア族が公爵に報復すれば、大貴族たちも騒《さわ》ぎ立てるに違いない。ヴァンパイア族と大貴族との関係も、修復不能に陥る。相一郎を理不尽から救えるかどうかで、ヴァンパイア族と大貴族との関係が決まってしまうのだ。

今は事を荒立《あらだ》てるべきではない？　外交使節の訪問が迫《せま》る中、公爵と問題を起こすべきではない？　公爵と問題を起こせば、大貴族たちも反発する。ただでさえ、大貴族はヒロトに反感を懐《いだ》いている。その反感をさらに増大させることになる。だから――それでスルーするべきだと？

自分の親友が窮地《きゅうち》に立たされているかもしれないのに、政治的な理由からスルーするなんてできるわけがない。この異世界にヒロトと同じ世界から来た人間は相一郎しかいないのだ。相一郎は無二の存在なのだ。

それに、相一郎を見捨てれば、ヒュブリデの国防の楯に亀裂《きれつ》が走る。自分がスルーしても、相一郎はスルーできない。相一郎は感情的に爆発する。ヴァンパイア族は相一郎に同情して、公爵に報復を行うだろう。

ヒュブリデにいるのだからヒュブリデの法に従えとヴァンパイア族を諭《さと》す？

それが無理なのは、ブルゴール伯爵の事件でわかっている。伯爵を殺さないで、とヒロトは頼んだが、ヒロトの頼みでも無理だとヴァルキュリアは首を横に振ったのだ。それと同じことがまた起きる。

答えは明白だった。取るべき道は一つしかない。

「公爵の別邸に行く」

とヒロトは宣言した。

「ミミアの敵討ちをするんじゃないのか？」

とヴァルキュリアが尋ねる。ミミアが、濡れた目で自分を見ている。

（ミミアを後回しにするのか？）

胸が疼《うず》いたが、ヒロトは振り切った。

「ミミアはエクセリスが動いてくれている。先に公爵のところに行く。それからミミアの敵を討《う》つ」

「公爵はきっと入れてくれません。ヒロト殿《どの》を嫌っていらっしゃいます。いくらヒロト様が国務卿でも、勝手に王族の敷地《しきち》には入れません。王か大長老の命令が必要です」

とラケル姫が割って入った。

（くそ、また王族の壁か……！）

王族もヒュブリデの法の影響《えいきょう》下にあるが、特権が定められている。その一つが、敷地内《しきちない》への進入の許可だ。たとえヒロトが出向いて相一郎を出すようにお願いしたとしても、そのような者は来ておらぬと言われれば、打つ手がなくなってしまう。もちろん、ヴァンパイア族に屋敷内《やしきない》へ飛んでもらって様子を見てもらうこともできるが、それだとヴァンパイア族との間に大きな問題が生じてしまう。ハイドラン公爵は、喜んでヴァンパイア族の飛行制限に乗り出すだろう。それに大貴族が加担するのは目に見えている。この問題でヴァンパイア族の力を借りるのはまずい。

「陛下のところに行こう」

ヒロトは扉へ歩きだした。ヴァルキュリアもつづく。扉を開けた途端《とたん》、向こうからも扉が開いて、

「わっ！」

女の声だった。

「エクセリス！」

「ヒロト……！」

二人同時に声を上げた。ヒロトはさらに、エクセリスの後ろの女に目を瞠《みは》った。相変わらずのほほんとした細い目をして白い法衣《ほうえ》に爆乳を包み込んでいたのは、副大司教のシルフェリスだった。さらにその後ろには、地味な顔だちの五十代の女性がいる。確か、女官長——侍女の元締め——だったはずだ。

「帰ってたの⁉」

「なんで副大司教が⁉」

最初にエクセリスが、つづいてヒロトが、質問をぶつけ合う。だが、お互いに答える前に、シルフェリスが用件を繰《く》り出してきた。

「ミミアという娘に話があります。ミイラ族の娘はどの女性ですか？」

ラケル姫とソルシエールの視線が、金髪碧眼《きんぱつへきがん》のミミアに向く。

「わたしといっしょに来るのです。マルゴス伯爵の令嬢《れいじょう》に詫びさせます」

　とシルフェリスは言明した。

「マルゴス伯爵の娘？　そいつがミミアをひどい目に遭《あ》わせたのか？」

　とヴァルキュリアがシルフェリスに絡《から》む。

「あなたが報復することはなりませんよ。この件は、精霊教会の案件です。宮殿内《きゅうでんない》で精霊の呪いが起こるような真似を起こすなど、許されぬことです」

　とシルフェリスがヴァルキュリアを封《ふう》じ込めにかかる。

「ミミアはわたしの友達だぞ⁉」

　とヴァルキュリアが不満をぶつける。

「友達ならば、わたしに任せることです。あなたが出向いても、本人には会えませんよ。ハイドラン公爵がヴァンパイア族を入れるはずがありません」

「公爵のところにいるの？」

　ヒロトは思わず尋ねた。

「少し前に公爵に呼ばれて出掛《でか》けていったと聞いています」

　とシルフェリスが答える。

（ミミアの仇《かたき》もハイドラン公爵の別邸……！　相一郎も公爵の別邸……！　でも、おれ単独では入れない……！）

ヒロトはシルフェリスに話しかけた。

「公爵のところには王か大長老の命令がないと入れないと聞きました。シルフェリス殿も――」

「わたしは副大司教です。精霊教会規則第二十二条があります」

と自信満々にシルフェリスは答えた。

「入れるの？」

「国務卿には無理です」

とシルフェリスは答える。つまり、自分には可能だがヒロトには無理だということである。

（国王のところに行くよりも、早く行ける！　それなら、もし土下座させようとしていた場合、阻止《そし》できるかもしれない）

もう土下座していたら？　その時には、何が何でも公爵に詫びの一言をいただくしかない――言わない可能性の方が高いが。

「おれも同行します」

とヒロトは咄嗟《とっさ》にシルフェリスに告げた。

「あなたは無関係です」

とシルフェリスが冷たく突っぱねる。

「相一郎が公爵に呼び出されたんです。相一郎は、マルゴス伯爵の令嬢を叩《たた》いています。ラケル姫の話では、十年ほど前に、ある大貴族の娘がルシニアの騎士に蹴られたそうです。その日のうちに公爵は騎士を呼び出して、大貴族の娘に対して土下座させています」

「非を咎めた者を、公爵が咎めようとしている可能性があると？」

とシルフェリスが確かめた。ヒロトは、ヴァルキュリアに聞こえないように声を潜《ひそ》めた。

「その可能性が高いです。おれは公爵と対立しています。公爵がおれの親友にいい思いをさせるために呼ぶとは思えません。おまけに、相一郎が呼び出された公爵の屋敷には、マルゴス伯爵の令嬢がいます。公爵が相一郎に謝罪をさせようとしている可能性が高いと思います。謝罪させたら、もうおしまいです。相一郎はキュレレの一番のお兄ちゃんです。ゼルディスも相一郎を高く買っています。その相一郎に、理不尽な謝罪をさせれば――」

シルフェリスは黙《だま》った。ようやく事態を理解したらしい。

「ミミアの主人として、相一郎の親友として、自分も立ち会います。急ぎましょう」

ヒロトはシルフェリスを急《せ》かし、

「おいで」

とミミアの手を引っ張って部屋を出た。

「わたしも行くぞ」

とヴァルキュリアもついてきた。

まずい。

もし公爵の屋敷に乗り込んで相一郎が土下座させられているのを目撃《もくげき》したら、ヴァルキュリアが黙っているはずがない。その場で公爵に飛びかかるはずだ。無論、公爵の護衛も黙っているはずがなく――。

(やばい。公爵とヴァンパイア族が戦争になる)

最悪の事態である。ヴァンパイア族のイメージは最悪に落ちてしまうし、関係も修復不能に陥る。そして元々ヒロトとヴァンパイア族に反感を懐いていた大貴族たちは、ヒロトへの反発をさらに強めて一致《いっち》団結するだろう。

(ヴァルキュリアを止めなきゃ)

ヒロトはヴァルキュリアに顔を向けた。

「ヴァルキュリアは部屋で待ってて」

「なんでだよ」

とヴァルキュリアが噛《か》みつく。

「これはヒュブリデ宮殿で起きたことだ。おれとシルフェリス殿で何とかする」

「侍女をちゃんとミミアに詫びさせるのか？」

「わたしが責任をもっていたします」

ときっぱりとシルフェリスが言い切った。それで、ようやくヴァルキュリアは退いた。ただし、条件付きだった。

「ちゃんと謝らなかったら、その時はわたしがぶん殴りに行くからな」

2

ラケル姫とソルシエールとキュレレとヴァルキュリアを部屋に残して、ヒロトとシルフェリスはハイドラン公爵の別邸へと急いだ。ミミアと女官長もいっしょである。

「この件については、わたしが主導します。国務卿はあくまでもわたしの護衛です。よろしいですね」

とシルフェリスが念を押す。ヒロトはうなずいた。

「もし公爵が土下座をさせていた場合はどうしますか？」

シルフェリスがいやな質問をする。

「相一郎に対してお詫びをいただくしかないと思います」

「公爵はしませんよ」

「それはお願いするしかありません」

ヒロトたちは徒歩で大通りに出た。馬に乗るべきだったのかもしれないが、馬を用意してもらっている時間がもったいない。その間に相一郎が土下座させられていたら、最悪なことになる。

（公爵が馬鹿《ばか》でないことを祈《いの》るしかない）

大通りを少し歩いて角を曲がった。すぐに公爵の敷地が見えてきた。別邸と言っても広い。大きな区画を一つまるごと占《し》めている。

正門には、ごつい騎士が二人詰《つ》めていた。

「副大司教シルフェリスです。精霊教会の名において、大司教代理として命令します。わたしを今すぐ屋敷に通しなさい。マルゴス伯爵《はくしゃく》の娘がいるはずです。その娘に話がありますす」

とシルフェリスが普段《ふだん》ののほほんとした雰囲気とは別人のような、きりっとした声で言い放った。

「たとえシルフェリス様のお願いといえど、閣下のお許しがない限り、入ることはできません。一度聞いてまいりますので」

突っぱねる騎士に、シルフェリスは高く声を響《ひび》かせた。

「精霊教会規則第二十二条！　精霊の呪《のろ》いを引き起こした者、及《およ》びそれに等しい大罪を犯《おか》した者を、司教、副大司教、大司教は尋問《じんもん》することができる！　たとえ王であろうともその権利を乱すことはできない！　尋問を邪魔《じゃま》する者は直ちに破門される！」

普段の細い目からは想像できないほど凛《りん》とした、勇ましい声だった。騎士二人は明らかにうろたえた。

「娘の居場所まで、案内しなさい」

気押《けお》されて、騎士は門を開いた。

（すっげえ……！）

とヒロトは感嘆《かんたん》した。シルフェリスはただの目の細い女性ではなかった。精霊教会のほぼ頂点に立つ人、大司教の代理として聖界を仕切る人だった。

ヒロトはミミアの手を引っ張って、門をくぐった。中庭を通って、屋敷の中に入る。シルフェリスは背を伸《の》ばして、この世界の支配者のように堂々と廊下《ろうか》を歩いていく。

部屋の前には衛兵が一人立っていたが、ヒロトを見ると顔色を変えた。

「なぜ入れた⁉」

案内した騎士に噛みつく。

「精霊教会規則第二十二条を実行します。マルゴス伯爵の娘はこの部屋ですね」

とシルフェリスが確かめる。

「誰も部屋には――」

「精霊の呪いを引き起こした者、及びそれに等しい大罪を犯した者を、司教、副大司教、大司教は尋問することができる！　たとえ王であろうともその権利を乱すことはできない！　尋問を邪魔する者は直ちに破門される！」

再びシルフェリスの一喝《いっかつ》が響きわたった。部屋の前にいた衛兵が凍《こお》りついた。

「開けなさい」

「しかし――」

「破門されたいのですか！　匿《かくま》うのなら、同罪と看做《みな》しますよ！」

「しかし、辺境伯《へんきょうはく》は――」

「護衛です！　開けなさい！」

ついに衛兵は扉《とびら》を開けた。シルフェリスが真っ先に部屋に入る。すぐ後にヒロトがつづく。

（相一郎は……⁉　まだ土下座させられてない？　おれの杞憂《きゆう》であってくれ……！）

部屋の奥《おく》が開けた途端、ヒロトは絶句した。相一郎が二人の騎士に無理矢理身体を押さえられ、額を床に付けさせられようとしていたのだ。そしてその向こうに、ハイドラン公爵と赤毛の女が立っていた。

咄嗟《とっさ》にヒロトは騎士に向かって叫《さけ》んだ。

「何をやってる！　今すぐ相一郎を放せ！　ヴァンパイア族に殺されるぞ！」

# 第十四章　屈辱

## 1

マルゴス伯爵令嬢《はくしゃくれいじょう》ルビアは、突然《とつぜん》の闖入者《ちんにゅうしゃ》に顔を向けた。挨拶《あいさつ》をしたことはないが、知っている顔——いや、知っているどころではない、今最も権勢を誇《ほこ》る国務卿《きょう》ヒロトだった。

（なぜ国務卿が……！）

ルビアはうろたえた。しかも、国務卿の隣《となり》にはシルフェリス副大司教がいるではないか。

（なぜ副大司教まで……⁉）

副大司教といっても、相手は今や大司教代理。現時点では、ヒュブリデ王国精霊教会の頂点に立つエルフである。おまけに副大司教の後ろには女官長までいる。

（女官長も……⁉）

ルビアが動転する中、

「わたしの部下に勝手に命ずるな！　この屋敷《やしき》はわたしのものだぞ！　貴殿《きでん》が勝手に入っ

て勝手に命じてよいところではない！」

ハイドラン公爵《こうしやく》がヒロトを怒鳴《どな》りつけた。

「失礼はお詫びいたします。されど、国防の危機を救い、閣下の名誉《めいよ》を守るために一言申し上げます。直ちに相一郎《そういちろう》を解放し、然《しか》るべき態度をお示しください。閣下は屈辱と名誉《めいよ》喪失《そうしつ》の危機に瀕《ひん》していらっしゃいます」

「無礼者が何を大仰《おおぎよう》なことを言うか！　副大司教を連れてくるなど、貴殿は虎《とら》の威《い》を借る狐《きつね》か！　さっさと立ち去れ！　王族の屋敷に勝手に入れると思っておるのか！」

と公爵がさらに怒声《どせい》を浴びせる。そして、奥にいるはずの騎士《きし》に怒鳴った。

「何をやっておるのだ⁉　なぜ勝手に通した⁉」

「わたしが入れよと命じたのです。国務卿はわたしの護衛です」

とシルフェリス副大司教が答えた。ルビアはぎょっとした。とてつもなくいやな予感がした。副大司教主導というところが思い切りひっかかる。

「シルフェリス殿。たとえエルフといえど、勝手に王族の屋敷に入ることは許されておりませぬぞ」

ハイドラン公爵がそう言い放つと、

「いいえ、許されております。精霊教会規則第二十二条に次のように記されております。

精霊の呪いを引き起こした者、及びそれに等しい大罪を犯した者を、司教、副大司教、大司教は尋問することができる。たとえ王であろうともその権利を乱すことはできない。尋問を邪魔する者は直ちに破門される」

さらにいやな予感が、悪寒《おかん》とともにルビアの背筋を這《は》い上がっていった。まるで悪霊《あくりょう》が背中に張りつこうとしているような感じだった。

精霊の呪い。

大罪。

破門。

（も、もしかして、副大司教閣下はわたしを裁こうとされている……⁉）

公爵は沈黙《ちんもく》していた。正当な権利を主張されて、きっと言い返せなくなったのだ。国務卿は、不気味に副大司教の隣で黙っている。正直、いるだけで怖《こわ》い。国務卿はヒュブリデ王国きっての雄弁《ゆうべん》の徒なのだ。何を言い出されるかわからない。そして口を開けば、きっと自分は負ける――。

「何をなさっていたのです？」

とシルフェリスが公爵に詰問《きつもん》した。

「答える義務はない」

「もし大罪を犯した者をかばい、罪ある者を咎めた者を罰しようとしていたのなら、閣下にもお咎めがまいりますよ」

「王族のわたしを脅《おど》すのかね？」

とハイドラン公爵が突っぱねる。

「わたしは副大司教として、精霊教会大司教の代理として、ご忠告申し上げているのです」

そう言うと、シルフェリスはルビアに顔を向けた。

「マルゴス伯爵のご令嬢はそちらですね。この娘に詫《わ》びなさい」

とシルフェリスは後ろにいる金髪碧眼の女性に少し顔を向けた。白いパフスリーブの、胸元《むなもと》の開いたワンピースドレスを着た金髪碧眼の娘が不安そうな表情を覗《のぞ》かせた。

（げっ……！　あの娘を連れてきたの……！）

どう考えても最悪の風向きだった。

今から逃《に》げる？

だが、目の前にはハイドラン公爵がいる。公爵に助けを求めながら無断で逃げるなど、できない。そのようなことをすれば、自分のお父様が咎められる。

「この娘を知っていますね」

とシルフェリスはルビアに確認《かくにん》してきた。

「よく覚えておりません」

とルビアは嘘《うそ》をついた。

「では、思い出させてあげましょう。おまえはこの娘に昨日は水を浴びせ、今日は毛虫を振《ふ》りかけましたね。さらに、『おまえのお友達よ』と侮辱《ぶじょく》しましたね」

シルフェリスの目が見開いていた。細い目が開いて、険しい瞳孔《どうこう》が覗いている。

（全部知ってる……！）

ルビアは固まった。

ミイラ族の娘が国務卿に訴《うった》えた？　わからない。わからないが、副大司教はルビアがなしたことをすでに把握《はあく》している。それでも、ルビアは嘘をついて逃れようとした。

「その娘が勝手に水にかかったんです。毛虫も、ちょうど毛虫がいて落ちてきたんです」

その瞬間《しゅんかん》、シルフェリスがぶちきれた。

「副大司教を前に嘘が通じると思っているのですか！　もし精霊の日だったら、どうなっていたと思うのです！　間違《まち》いなく精霊の呪いが起きていますよ！　おまえの父親が亡《な》くなるのはまだましな方です！　最悪、宮殿《きゅうでん》の主《あるじ》たる国王陛下に禍《わざわい》が及んでいるのですよ！　もし国王陛下に禍が及んでいたら、いつ、どのようにして責任を取れるのです⁉　精霊様は今も見ていらっしゃるのですよ！　おまえが今嘘をついたことで、どのような禍が及ぶか想像なさい！　今クリエンティア州にいらっしゃるおまえの父親が、今も元気に生きていると思っているのですか！　おまえが嘘をついたことで父親が倒《たお》れたら、どう責任を取るつもりです！」

ルビアはついにうつむいた。もはや逃《のが》れようはなかった。副大司教は全部把握した上で糾弾にかかっていたのだ。高貴な血を引く自分たちがいる世界に対して進出したミイラ族の娘に対して、ちょっとぎゃふんと言わせてやろうと思ってしたことだったが、とんでもない大事に発展してしまった。きっと自分には重い罰《ばつ》が下される。お父様にも伝わるだろう。

「さすがに国王にまでは及ぶまい」

ハイドラン公爵が自分の肩を少しだけ持ってくれたが、逆にそれが火に油を注ぐ結果になった。

「閣下も閣下です！　相一郎殿《どの》は、ルビアの非を咎めたと聞いています！　非を正そうとした者を土下座させるとは、どういうことですか！」

シルフェリスがトーンを上げて叫んできた。

「相一郎とやらは、いきなり女官を打った。宮殿であるまじき行為《こうい》だ。わたしは宮殿での振るまい方を教えようとしただけだ」

公爵がそう切り返すと、

「王族でありながら、そのような屁理屈《へりくつ》をおっしゃるのですか⁉」

さらにシルフェリスが噛みついた。

「屁理屈ではない。ただでさえ、辺境伯《へんきょうはく》は大貴族の反感を買っておる。辺境伯の顧問官《こもんかん》が大貴族の娘を宮殿内で打擲《ちょうちゃく》した。それがどれだけ大貴族の反感を煽《あお》り立てるか。わたしは反感を抑《おさ》えるために、この者に深く謝罪するように説《と》き伏《ふ》せただけだ」

公爵の説明は、シルフェリスには逆効果だった。

「無理矢理騎士《むりやりきし》二人で押《お》さえつけることが説き伏せることですか！　そのような理屈《りくつ》ではエルフは騙《だま》されませんよ！　そもそも、宮殿で精霊の呪いを起こすような大罪を犯した者を王族たる者がかばうなど、あってはならぬことです！　もし今日が精霊の日なら、確実に精霊の呪いは宮殿の主たる王に及んでいますよ！　もちろん、閣下にもです！　閣下は命を落としていたのかもしれないのですよ！　宮殿での振《ふ》る舞《ま》いを教えるとおっしゃるのなら、その娘にこそ振る舞いを教えるべきだったのです！　にもかかわらず、娘の振る舞いを正そうとはされなかった！　閣下に対して、わたしはそのことを問題にしているのです！　なぜおわかりにならないのですか！　なぜご自身がまずいことをされたことを理解されないのですか！　今のこと、大長老閣下がお聞きになれば、ただでは済みませぬよ！」

ぐうの音が出ない反論だった。シルフェリスの叫び声《ごえ》に、さすがの公爵も沈黙した。明らかにたじろいでいる。ルビアは恥《は》じ入った。ルビアばかりか、公爵まで叱責《しっせき》を受けてしまったのだ。

まずい。

後で、自分は公爵にも詫びなければならなくなった。せっかく公爵に助けていただいたのに、公爵に叱責の恥《はじ》を掻《か》かせることになってしまった。

公爵が沈黙している間に、シルフェリスがルビアに顔を向けた。

「副大司教として命じます。直ちに、この娘に詫びなさい。精霊様に贖罪《しょくざい》の気持ちが通じるように深くお詫び申し上げるのです」

ルビアは答えなかった。言われている意味はただ一つ——ミイラ族の娘に誠心誠意謝《あやま》ることだった。

あの芋虫《いもむし》に？

毛虫を浴びて泣いていた最底辺の娘に？

大貴族の娘の自分が謝る？

そんなこと——。

「何をしているのです！　事の重大さがわかっているのですか！　破門しますよ！」

シルフェリスが鋭《するど》い声を発しても、ルビアは黙っていた。

(破門はきっと脅しよ)

そう思った。思い込もうとした。ミイラ族の娘に詫びるのは、葛藤《かっとう》が大きすぎた。大貴族の娘である自分が、最下層の汚《きたな》らしい芋虫に謝るなんて……。

「わかりました。マルゴス家を破門に処します。お父上にもお伝えいたします。精霊《せいれい》の呪いを起こしかけた家柄《いえがら》に加護を与《あた》える必要はありません。国内のマルゴス家の者すべてに対して、破門を宣告します」

とシルフェリスが言い放った。

(え……!)

ルビアは初めて言葉を失った。脅しだと思っていた破門が、実際に今、目の前で下されてしまったのだ。

なんという不名誉《ふめいよ》！　お父様にも親族にもご迷惑《めいわく》がかかってしまう！

ルビアは咄嗟に、

「シルフェリス様、どうかお許しを！　それだけは！」

今度は自ら土下座してシルフェリスに頭を下げた。

「わたしに詫びてどうするのです!?　ミミアに詫びるように申したのが聞こえなかったの

ですか！　ミイラ族に対して詫びぬ限り、破門は解きませぬ！　そなたも荷をまとめてすぐに宮殿を出なさい！　宮殿に関する規則に記されていたはずです！　破門の身にある者は、宮廷《きゅうてい》でお仕えすることはできない！」

ルビアはびくっとすくみ上がった。宮殿で働けなくなる――そのことには思い至らなかったのだ。

マルゴス家にとっては、大きな不名誉だった。自分が宮殿で働くようになった時、お父様は喜んでいたのだ。自分も、宮殿を訪《おとず》れた時、前王モルディアス一世にお目通りをし、ご挨拶を申し上げた。

名誉の瞬間だった。でも、その名誉が――失われてしまう！

ルビアはもう躊躇《ちゅうちょ》しなかった。ミイラ族の娘に身体を向け、平身低頭したのである。

「ミミア殿！　どうかわたしの無礼をお許しください……！　精霊の名に誓《ちか》って、お詫び申し上げます……！　どうか、お許しを……！」

広い部屋に、ルビアの声だけが響いた。だが、シルフェリスは容赦《ようしゃ》しなかった。精霊教会副大司教の追及《ついきゅう》は厳しかった。

「無礼とは具体的にどのようなことですか！　はっきり申しなさい！　己《おのれ》の罪を認識《にんしき》しなさい！　おまえがしっかりと懺悔《ざんげ》せぬ限り、たとえお父上がどんなにお詫びされようと破門は解きませんよ！　懺悔できぬというのなら、今すぐ毛虫を集めてきておまえの頭に掛《か》けましょうか！」

ルビアは半泣きになりながら答えた。

「わたくしの非礼を――毛虫を浴びせてしまったことを、お詫び申し上げます！　わたくしは間違ったことをいたしました！　してはならぬことをいたしました！　精霊の名に懸《か》けて、この通り、お詫びいたします！　いかなる償《つぐな》いもいたします！　ミミア殿、どうか寛大《かんだい》なご処置を！　どうか！　どうかお許しを……！」

2

ミミアはシルフェリスのすぐ隣で、驚嘆《きょうたん》の思いでマルゴス伯爵の娘《むすめ》を見ていた。土下座しているせいで、完全に後頭部が見えている。自分に水を浴びせ、毛虫を掛けた女は、伯爵の娘という身分といっしょに身を捨てて平身低頭していた。

ミイラ族はヒュブリデでは最下層の種族だ。人に侮《あなど》られることはあっても、尊敬されることはない。しっかり謝ってもらえることもない。相手が貴族となれば、なおさらだ。

その貴族の娘が――大貴族の娘が――自分に謝っている。

まるで非現実だった。

夢か幻《まぼろし》のよう――水の向こうの世界、透明《とうめい》の膜越《まくご》しに見た世界のように見える。世界はいつから、自分に微笑《ほほえ》むようになったのだろう？　やっぱり、これは夢ではないのか？　精霊教会の副大司教というとても偉《えら》い方が、自分のために全身全霊《ぜんしんぜんれい》で娘に対しても、公爵に対しても怒《おこ》ってくださっているなんて――。

「許しますか？」

とシルフェリスが尋《たず》ねる。

ごねる？　自分と同じように毛虫を浴びさせる？

ミミアに復讐《ふくしゅう》の気持ちはなかった。ただ、つらかった。ただ悲しかっただけ。でも、自分たちミイラ族に謝るはずのない大貴族が、自分に謝ってくれたのだ。そして、副大司教が凄《すご》く自分をかばってくださった――。

はい、と答えようとすると、

「二度とミミアに失礼な真似《まね》をしないことが条件だ」

とヒロトが代わりに答えた。ミミアは思わずヒロトを見てしまった。

（ヒロト様……！）

うれしさが込み上げる。初めて会った時もそうだった。雨の中、出て行こうとした自分を引き止めて雨宿りをさせてくれた。自分が悪漢に襲われそうになった時も、馬で駆けつけてくださった。そして今――。

　うれしさが広がって、少し涙《なみだ》が出そうになる。

「二度と愚《おろ》かな真似はせぬと誓いますか？」

　とシルフェリスがルビアに畳《たた》みかける。

「誓います……！　一生いたしませぬ！　どうかお許しを……！」

　とルビアは低頭したままである。

「ぼくの方から一つ」

　とヒロトがまた口を開いた。

「ミミアはぼくにとって、とても大切な世話係だ。ミミアに危害を加えることは、辺境伯として、国務卿として、絶対に許さない。ミミアはヴァルキュリアにとっても大切な仲間だ。ヴァルキュリアがあなたのことで猛烈《もうれつ》に怒っている。あなたはヴァルキュリアにも謝らなければならない。もし同じことをくり返したら、ヴァルキュリアは容赦しないよ。副大司教はとても温情のある方だけど、ヴァンパイア族はとても厳しい。次は命を失うよ」

　非常に強い口調だった。もしエクセリスならば、ヒロトの物言いの意味を正確に把握したに違《ちが》いない。「辺境伯として、国務卿として、絶対に許さない」というのは、最大級の警告だった。次に危害を加えた場合、辺境伯として、国務卿として動く。国務卿として処《しょ》罰《ばつ》すると言っているのだ。国王に次ぐナンバーツーの発言だけに、相当の重みのある、実行力を伴《ともな》う言葉だった。ミミアにはエクセリスのように意味を把握することはできなかったが、ヒロトが自分を守ろうとしてくれていること、最大級の警告をしてくれているのだということはわかった。

（ヒロト様……）

じぃんと心の奥に喜びが広がる。みんなが、自分を守ってくれている。かばってくれている――。

「二度と失礼な真似はいたしません……！　本当に申し訳ございません……！」

とルビアが伏したまま、反省の言葉を述べた。声はすっかりふるえていた。ミミアが勝手に水をかぶった、偶然《ぐうぜん》毛虫が落ちてきたとうそぶいた時とは大違《おおちが》いである。

「そなたは償いをしなければなりませぬ。償いの品が届き次《し》第《だい》、破門を解きましょう。お父上にはしっかり報告させていただきます」

とシルフェリスはまとめにかかった。それからミミアに、

「よろしいですね」

と確認した。ミミアはうなずいた。

# 3

ハイドランは苦々しい思いで状況《じようきよう》を見ていた。

パワーゲームの終了《しゆうりよう》だった。ハイドランにとっては憎《にく》らしいことに、ヒロトとシルフェリスの連合軍が勝利を収めたのだ。自分が過《あやま》ちを正そうとしている相手が、マルゴス伯爵の娘の過ちを正したのだ。

（このような、私事を大げさな……）

とハイドランは改めて不快を覚えた。自分の屋敷に乗り込んで、自分に代わって裁くなど、不愉快《ふゆかい》千万だ。ベルフェゴルと相談した通り、やはりこの男は正さねばならない。この男を叩かねば、我《わ》が国《くに》に未来はない。私事に対して副大司教を連れてくるような男に、国を任せてはならない。

「済んだのなら、すぐに引き取っていただこう」

ハイドランが幕引きにかかると、

「まだ済んでいません。相一郎のことが残っています」

とヒロトが食い下がってきた。

（まだ言うのか！　しつこい男め！）

むっとしてハイドランは突《つ》き放《はな》した。

「護衛に口を利《き》く資格はない！　レオニダスを即位《そくい》させたからといって図に乗るな！」

怒号《どごう》を向けた途端《とたん》、ヒロトも怒号を返してきた。それも凄《すさ》まじい迫力《はくりょく》だった。

「自分は、今ここにヴァンパイア族が飛び込んできたら、閣下は終わりだと申し上げているのです！　その二人の騎士も死にますよ！　相一郎はキュレレ姫《ひめ》の一番大切な友達なんです！　サラブリア連合代表のゼルディス殿《どの》も、とても相一郎を大切にされているんです！　自分は本を読んでやれぬが、相一郎殿が代わりに読んでくれている。おかげで引っ込み思案の娘が外によく出るようになり、変わった。そう感謝されているんです！　相一郎のことを相一郎殿と殿づけで呼んでいる意味がおわかりですか！　今日のことを聞けば、ゼルディス殿は必ず激怒《げきど》します！　キュレレ姫だってこう言います！　二度とヒュブリデ人には協力しない！　ハイドラン公爵のお願いは絶対に聞かない！　そう言われた時、どうなさるおつもりですか！　ヴァンパイア族は、自分たちの仲間が理不尽《りふじん》な理由で恥を掻かされたことを知ったら、黙っていないんです！　必ず報復するんです！　ヴァルキュリアのことを罵《ののし》ったアグニカがどのような謝罪をさせられたか、お忘れになったんですか！」

ハイドランの胸の奥で、激昂《げきこう》が不安に揺《ゆ》れた。不安の強風が胸の中で吹《ふ》いて、思わず怒《いか》りが揺らいだ。

（ヴァンパイア族……？　ゼルディス……？　キュレレ姫……？）

ゼルディスの名前は聞いたことがある。ヒロトに協力している、サラブリア連合の代表だ。そして確かキュレレは、ピュリス軍を殲滅《せんめつ》した、とんでもないヴァンパイア族の娘ではなかったか？　この目の前の虚弱《きよじやく》な眼鏡の男が、その友達？

モニカの言葉が蘇《よみがえ》った。

《恐《おそ》らく、辺境伯とともにこの世界に来たディフェレンテではないかと思いますが。ヴァンパイア族と仲がよいそうでございます。ブルゴール伯爵の件もございますので、慎重《しんちよう》にご対処された方がよいかと思いますが》

はっとした。

（モニカは、このことを言っていたのか……）

「すぐに相一郎を解放してください。そして然るべき態度をお見せになってください。ヴァルキュリアはすでに事を察して怒っています。閣下が然るべき態度をお見せにならぬ限り、ヴァルキュリアを止められません。この屋敷は破壊《はかい》されます」

ヒロトの言葉に、ハイドランは怒りを覚えた。然るべき態度を見せよとは、謝れという意味である。自分がどじを踏《ふ》んだようだが、このわたしに詫びよと申すのか？　わたしを脅すのか？　と憤激《ふんげき》が込み上げた。わたしは王族だ。誰が詫びるものか。この屋敷はわたしのものだ。誰《だれ》が破壊させるものか。

「護衛に発言の資格はないと言ったはずだ。すぐに失《う》せよ」

ヒロトがじっと冷たい目で睨《にら》んだ。

気に入らない目だった。怒っているのなら、小僧《こぞう》めと侮れる。だが、怒っている目ではない。目の底がこう言っているのだ。この人はなぜわからないのか。

（その上から目線が気に入らぬのだ！）

視界の片隅《かたすみ》で、女執事《しつじ》のモニカが動くのが目に入った。

「出ていってもらえ」

ハイドランが命じると、騎士二人がヒロトに迫《せま》った。実力行使で出て行かせようという魂胆《こんたん》である。

「我が護衛に手を触《ふ》れるなら、精霊教会に対して実力行使に出たと看做《みな》します。二人の騎士も破門しますよ」

シルフェリスがぴしっと言い放った。ヒロト相手ならまだしも、シルフェリス相手ではハイドランもやりづらかった。精霊教会を楯《たて》にされると、さすがの王族も動きづらい。しかも、シルフェリスは大長老と通じている。

「相一郎」

とヒロトが眼鏡の名を呼んだ。二人の騎士は邪魔をしようとはしなかった。相一郎はようやく立ち上がり、友人の許《もと》に走った。

「あいつら、おれのこと――」

「わかってる」

とヒロトが肩《かた》を抱《だ》いて退室を促す。相一郎は涙まじりの目を向け、ヒロトとともに部屋を出ていった。最後にミイラ族の娘が、後ろを振り返りながら去っていった。

「閣下、申し訳ございません……わたくしのせいで……」

とマルゴス伯爵の娘が弱々しい声で詫びの言葉を口にした。まだ膝《ひざ》を突いたままである。

「よい。義はわたしにある。わたしは宮殿での振る舞い方を正しただけだ」

# 第十五章　報復

## 1

部屋を出ると、ヒロトはため息をつきたくなった。ぎりぎり間に合ったという思いと、間に合わなかったという思い、ここまではできたけどそれ以上はできなかったという思いが、苦々しい感慨《かんがい》の中で交錯《こうさく》していた。

もう少し早ければ、なんとかなったのかもしれない。だが、すでに相一郎《そういちろう》は土下座を強制させられていた。あと一分でも到着《とうちゃく》が早ければ阻止《そし》できただろうにと思うと、悔《くや》しい。

急がば回れ？

遅《おく》れてもいいから、レオニダス王を連れてくるべきだった？　でも、王を連れてきても、果たしてハイドラン公爵が相一郎に謝ったかどうかは怪《あや》しい。突っぱねていたかもしれない。

公爵が一言詫びてくれていれば……とヒロトは思った。詫びてくれていれば、それで済んでいたのだ。公爵が詫びたと話をすれば、ヴァンパイア族は報復しない。だが、公爵は謝罪を拒《こば》んだ。それで運命は決してしまった。

これで正面衝突《しょうとつ》は免《まぬが》れなくなった。ヴァンパイア族は報復するだろう。本人への攻撃《こうげき》はしないとしても、屋敷への攻撃は行うに違いない。そして、ヴァンパイア族と公爵の関係は――大貴族との関係も――破綻《はたん》する。修復不可能に陥《おちい》る。それは国防の楯に亀裂《きれつ》を走らせることになる。

「おれ、絶対許さない……」

と相一郎がこぼした。

「おれは悪くないんだ……あいつらがミミアに毛虫を掛けたんだ……なのに、なんでおれが土下座させられなきゃいけないんだ……」

相一郎の顔は下を向いたままだった。ヒロトに顔を向けないという事実が、相一郎の怒りと屈辱《くつじょく》の強さを物語っていた。相一郎は爆発《ばくはつ》しそうになるのを懸命《けんめい》にこらえている。

ヴァルキュリアたちを連れていくべきだった？

ヒロトは、使わなかったもう一つの選択肢《せんたくし》のことを考えた。ヴァルキュリアたちを連れていけば、相一郎は悔しい思いをしていなかったかもしれない。その代わり、ヴァルキュリアたちはハイドラン公爵と正面衝突して、大騒動《だいそうどう》を巻き起こしていたに違いない。そしてまた、ヴァンパイア族の悪評だけが一人歩きする——。それは避《さ》けたい。だから、部屋で待ってててとヴァルキュリアに言い残して出てきたのだ。

（やっぱりもう一度行くべきか。公爵にもう一度機会を——）

思案しながら扉をくぐって正門までの道を歩く。高さ三メートルの門扉《もんぴ》をくぐったところで、ヒロトは立ち止まった。思わず、頬が引きつりそうになった。

「お、来た来た♪　ほら、姉ちゃんの言った通りだったろ？」

待っていたのは恋人《こいびと》のヴァルキュリアと——妹のキュレレだった。しかも、後ろには護衛の男のヴァンパイア族が四人も集まっていた。

## 2

ヒロトにとっては最悪のバッティングだった。部屋で待っててとお願いしたのに、ヴァルキュリアは会いたくて来てしまったに違いない。それとも、会いたくなったのはキュレレの方なのか。キュレレは無邪気《むじゃき》に明るい目でヒロトたちを見ていた。誰を捜《さが》しているのかは一目瞭然《いちもくりょうぜん》である。

「相一郎♪」

目ざとく見つけて相一郎の許に歩み寄った。

「本♪」

早速《さっそく》おねだりをする。その瞬間、ヒロトは読めてしまった。ヴァルキュリアは、ミミアの話を聞いてずいぶんと怒っていた。わたしがぶん殴《なぐ》ってやると息巻いていた。おれが言ってくるから部屋で待ってて、とヒロトはなだめて部屋を出たのだ。そしてその言葉通り、ヴァルキュリアも最初はおとなしく待つつもりだったに違いない。だが、キュレレが「本！」と叫びはじめた。我慢《がまん》しろと言っても聞かない。それで公爵の別邸《べってい》に駆けつけたのだろう。

「相一郎、本♪」

無邪気にキュレレが繰《く》り返す。

「ごめん……今は読みたくない……」

低い拒絶《きょぜつ》の声に、キュレレがぽかんと口を開けた。いきなり目の前の世界が消滅《しょうめつ》したかのような、虚《きょ》を衝《つ》かれた表情だった。気の毒なくらい、呆然《ぼうぜん》としている。相一郎が今の今まで、キュレレに朗読を頼《たの》まれてあからさまに断ったことはない。キュレレにとっては、初めての拒絶だ。

「相一郎……？」

キュレレは不思議と驚嘆の混じった顔で相一郎を見た。相一郎は顔を強張《こわば》らせて、斜《なな》め下を向いている。

「おまえ、どうしたんだ？」

とヴァルキュリアも相一郎に声を掛けた。

（やばい。めちゃめちゃやばい。もう誤魔化《ごまか》せない。でも、どうやって言う？　マイルドに伝える？　いや、それも無理。どうあがいても――）

頭の中でもがく中、空気を読まないシルフェリスが言い放った。

「ハイドラン公爵が、相一郎殿を土下座させたのです。ミミア殿に毛虫を浴びせた女を打擲するのはまかりならぬ、身分の卑《いや》しき者が高貴な娘を叩《たた》くことは宮殿の礼儀《れいぎ》に反する、自分が宮殿での振る舞い方を教えるとおっしゃって」

（な～っ！　なぜそこで言う！）

ヒロトは固まった。

いや、そう言うしかないし、それ以上に言いようがないのだが、シルフェリスが暴露《ばくろ》した途端、ヴァルキュリアのオーラが怒り一色に激変した。寸前まで懐《なつ》いていた猫《ねこ》が瞬間的《しゅんかんてき》に毛を逆立てて攻撃モードに切り替《か》わったような変わり方だった。

「何だと!?　なんで相一郎が土下座させられなきゃならないんだよ！」

とヴァルキュリアは怒りを爆発させた。ヴァルキュリアの後ろで、ヴァンパイア族の男性も顔を見合わせている。なぜ相一郎が土下座なんだ、と驚《おどろ》いている。

「おい、相一郎！　ほんとか！」

ヴァルキュリアの質問に、相一郎は答えない。視線は斜め下を向いたままだ。相一郎が唇《くちびる》を動かした。何か言おうとして——代わりに涙が、ぽたりと落ちた。

涙は雄弁なり——。もうそれで充分《じゅうぶん》だった。キュレレが驚いて目をぱちぱちさせた。そして勘《かん》のいいヴァルキュリアは、涙一つでもう理解してしまっていた。

「土下座させられたんだな！　ハイドランのやつ、ぶん殴ってやる！」

「待て、ヴァルキュリア！」

制止しようとした時には、もうヴァルキュリアはヒロトの横を抜《ぬ》けていた。ヴァンパイア族の反射神経は人間よりも速い。動くと決めれば人間より早く動いてしまう。そしてあっと言う間にヒロトの脇《わき》を抜けて、門扉に辿《たど》り着いてしまった。二人の警備の兵士が長槍《ながやり》を交差させて立ちはだかった。

「どけ、このへぼ！」

ヴァルキュリアが怒鳴る。

「公爵の屋敷に勝手に入ることはならん！」

「うるさい！　よくも相一郎に土下座させやがったな！　悪いのは女の方だろうが！　公

爵は悪いやつの味方をするのかよ！　ぶん殴ってやる！」

「下がれ、吸血鬼《きゅうけつき》！」

衛兵が槍の先を向ける。その途端、

「てめえ、お嬢様《じょうさま》に！」

男のヴァンパイア族たちが衛兵に手を伸《の》ばした。

（まずい！）

「やめろ！」

ヒロトはヴァルキュリアと衛兵の間に割って入った。

「衛兵もやめろ！　ヴァンパイア族に槍を向けて、この国がどうなるか、考えろ！」

とヒロトは叫《さけ》んだ。衛兵の動きが止まる。

「通せ！」

ヴァルキュリアが叫ぶ。

「通さぬ！」

と衛兵が叫び返す。

「ハイドランを殴らせろ！」

「なおさら通せぬ！」

ヒロトを挟《はさ》んで、ヴァルキュリアとハイドラン公爵《こうしゃく》の衛兵とが睨み合う。最悪の状況である。

「キュレレ！」

ヴァルキュリアがついに妹を呼び出した。

「お仕置きしてやりな！」

（な〜っ！）

ヒロトは慌《あわ》ててヴァルキュリアに顔を向けた。

「ヴァルキュリア、だめ！」

「ヒロトの言うことでも聞けないよ！　ヒロトが侮辱されたって同じことをする！　相一郎だって同じだ！　相一郎はわたしたちの兄弟みたいなもんだ！　キュレレの一番のお兄ちゃんなんだぞ！」

とヴァルキュリアが拒絶する。

「ミミアに失礼をした娘は、もう詫びています」

とシルフェリスが説明する。

「じゃあ、ハイドランは⁉　相一郎に謝ったのかよ⁉　なんで相一郎が土下座させられなきゃいけないいんだよ！　間違ったことをすりゃ謝るのが当たり前だろ！　うちは部族長でも、間違ってたら下っぱに謝るぞ！　親父《おやじ》だって謝るぞ！　公爵のくせにそんなこともできないのかよ！」

とヴァルキュリアが叫び返す。正論すぎてぐうの音も出ない。雄弁《ゆうべん》のヒロトも、反論の言葉が見当たらない。

（でも、このままだとやばい。どうやって止める……!?）

唸《うな》っている間に、ヴァルキュリアは妹に指令を下していた。

「キュレレ、やっちまいな！　相一郎の仇《かたき》だ！　本を読んでもらえないのは、全部ハイドランのせいだ！　目に物を見せてやりな！」

「ヴァルキュリア、それはまずい！」

ヒロトは叫んだが、

「キュレレ、相一郎の仇取る！」

そう叫んで、キュレレは飛び上がった。寸前まで呆然としていたはずなのに、キュレレはうろたえることもなく、むしろ命令を待っていたかのように飛び上がっていったのだ。小さい身体はすぐに空へと吸い込まれた。

（まずい……！　もう止められない……！）

ヒロトは衛兵に叫んだ。

「すぐに公爵に伝えろ！　表に出て、相一郎とヴァンパイア族にお詫《わ》びしろって！　屋敷《やしき》が破壊されるぞ！」

衛兵は目を白黒させている。おまえは何を言ってるんだ？　という顔をしている。

「早く行け！　おまえら、死ぬぞ！」

小さな点になっていたキュレレが接近を始めた。

「ヒロト、こっち！　相一郎も来い！」

ヴァルキュリアがヒロトと相一郎を引っ張った。

「シルフェリス殿も！　ミミアも！　女官長も！」

ヒロトは叫んだ。だが、シルフェリスはぽか〜んと口を開けてキュレレの接近を眺《なが》めている。

「早く！」

ヒロトはシルフェリスを引き寄せた。キュレレが迫る。

「失礼！　目を閉じて！　耳を塞《ふさ》いで！」

ヒロトはシルフェリスの背中に覆《おお》いかぶさった。そのタイミングで、キュレレが猛《もう》スピードで舞い降《お》りた。

キュレレの小さな身体が、別邸のすぐ上空を通過した。屋敷のわずか一メートル上を、もの凄いスピードでキュレレが飛び去る。

「耳を塞げ！　目を閉じろ！」

ヴァルキュリアが叫び、ヒロトは耳を塞いで目を閉じた。遅れて強烈《きょうれつ》な風の巨大《きょだい》なパンチが、ヒロトたちを揺さぶった。独特の轟音《ごうおん》が轟《とどろ》いた。木材か何かが吹っ飛ぶ音もしたはずだが、轟音が凄すぎて聞こえなかった。

突風《とっぷう》が弱まり、ヒロトは恐る恐る顔を上げた。

衛兵の姿はなかった。

そして二階建ての屋敷の屋根の部分が、半分ほど剥《は》がれていた。

（キュレレは――!?）

「来るぞ！　ヒロト、目を閉じろ！」

ヴァルキュリアの言葉にヒロトは目を閉じた。また風の巨大なパンチがヒロトたちを揺さぶり、轟音がつづいた。ズゴ～～ン！　と空が唸り、地面が揺れた。

ヒロトは再び目を開いて固まった。別邸の二階の屋根が、ほぼ消えていた。

## 3

ヒロトたちが去った後、部屋にはハイドラン公爵とマルゴス伯爵《はくしゃく》の娘と二人の騎士《きし》と、そして女執事のモニカが残っていた。

非常に気まずい雰囲気《ふんいき》だった。空気がどんよりと重く、詰《つ》まっている。塞がった感じ、動かない感じがある。

口を開いたのは、眼鏡の女執事だった。

「すぐお詫びに行くべきかと思いますが」

思いがけない言葉に、ハイドランは我が耳を疑った。自分に仕える女が、何を言ったのだ？

「何と言った？」

「今なら、まだ辺境伯《へんきょうはく》はすぐ捕《つか》まります。ごいっしょにお詫びに行くべきかと――」

「わたしに卑しき者に頭を下げろと申すのか！」

思わず大声が出た。

自分は王族なのだ。王族の自分が、なぜ王族でない者に頭を下げねばならぬのか。国王推薦《すいせん》会議の時ではないのだ。

「副大司教がいらしたことを重く見るべきだと思います。土下座はいささか度をすぎております。ただ詫びさせるのならともかく――」

「そう思うのなら、おまえが行けばよい！」

モニカは黙《だま》って、調度に歩み寄った。左右の扉《とびら》を開いて、奥《おく》から宝石箱を取り出す。

（何を持っていくつもりだ⁉）

「勝手な真似は許さぬぞ」

「何も持参せぬというのでは――」

「その必要は――」

ない、と言いかけた時だった。まるで地震《じしん》か嵐《あらし》が襲いかかったかのように、屋敷全体が激しく揺れたのだ。みしみしっといやな音が響《ひび》きわたり、何かが剥がれる音がつづいた。

騎士たちが慌てて天井《てんじょう》を見上げる。

「何だ⁉」

「わかりません……！」

騎士の返答からしばらくして、また屋敷が激しく揺れた。まるで屋敷自体が巨人《きょじん》につかまれて揺さぶられているみたいだった。そして、今度はみしみしという音だけでは済まなかった。ばりばりっと猛烈な音が天井に響きわたったのだ。

（何か剥がれたのか⁉）

二人の騎士が慌てて部屋から中庭に出る。

（何だ……⁉）

ハイドランは騎士たちの後を追った。中庭に出て、屋敷の二階を見上げる。

絶句した。

屋根が消えていた。二階の屋根は、ほぼない。

（なんと……！　屋根が……！）

「旦那《だんな》様《さま》！」

部屋から、衛兵が顔を見せた。

「ヴァンパイア族です！　ヴァンパイア族のちびが、飛びまわっています！」

（ヴァンパイア族⁉）

ヒロトの言葉が蘇った。

報復――。

「あれじゃないか？」

騎士の一人が指差す。ハイドランは指差した方に顔を向けた。薄《うす》い青色の中に、黒い点のようなものが見える。黒い点は止まっていなかった。薄青《うすあお》い空の中を動いている。降下しながら、だんだん黒い点は大きくなっている。降下しながら描《えが》く弧《こ》の先は――。

「来るぞ！」

もう一人が叫び、

「閣下、中へ！」

叫んだが、遅《おそ》かった。ハイドランは、はっきりとヴァンパイア族の顔を見た。

確かにちびだった。幼女と言うには大人すぎるが、少女と言うには幼すぎる娘だった。

ふわふわのスカートを穿《は》いているのに、なぜかスカートの裾《すそ》がひらひらしていない。娘は三白眼でハイドランを睨んでいた。

ハイドランは、一瞬《いっしゅん》、背筋に悪寒《おかん》を覚えた。突き刺《さ》すような視線とは、まさにそのことだった。視線が、心の奥にずぶずぶと突き刺さっている。その中にあるのは、紛《まぎ》れもない殺意だった。

《殺す》

目はそう言っていた。

びくっとふるえた直後、ちびの吸血鬼がもの凄い速さで頭上を超《こ》えた。遅れて地鳴りとともに強風が巻き起こり、ハイドランは宙に浮《う》かび上がった。そのままぐるぐると回されて、地面に叩きつけられる。

（んぁっ……!!）

ハイドランは呻《うめ》いた。さらに風がハイドランを転がす。そしてその風の中、ばりっという恐ろしい音が聞こえた。

何かが破壊されたのだ。

ふいに風の暴力が弱まって、ハイドランは地面をつかんだ。

立てる。

風も大丈夫《だいじょうぶ》だ。

（二階か……！）

首を向けて、唖然《あぜん》とした。屋敷の二階が、完全に消えていたのだ。屋敷の二階が全部消滅している。わずかに柱が覗《のぞ》く限りである。もちろん、一階もダメージを食《く》らっていた。一階の天井も、ところどころ穴が開いている。

ヒロトの言葉が、ふいに脳裏《のうり》に蘇ってきた。

《ヴァンパイア族は、自分たちの仲間が理不尽な理由で恥を掻かされたことを知ったら、黙っていないんです！　必ず報復するんです！》

ハイドランは、ようやくヒロトの言葉の意味を理解していた。報復とは、このことだったのだ。このことがわかっていたから、ヒロトはシルフェリスとともに自分のところに来たのだ。

「旦那様、早く！」

とモニカが部屋から走り出てきた。

「お詫びするしかございません！　早く！」

モニカに言われて、ハイドランは駆けだした。まだ無事な部屋の中を抜け、廊下《ろうか》を突っ切る。四度目が来たら、この屋敷は壊《こわ》れてしまうかもしれない。

吸血鬼ごときがこのわたしの屋敷を破壊するのか!?　そんなことが許されるのか!?

そんなことを思っている場合ではなかった。

壊される。

殺される。

ハイドランは本気で思った。ヴァンパイア族は半端《はんぱ》ではなかった。ピュリス軍を敗走させた吸血鬼の力は、尋常《じんじょう》ではなかった。この力、この恐ろしさがあるからこそ、あのピュリスがヒュブリデとの平和路線に舵《かじ》を切ったのだ。そのことを、ハイドランは痛感していた――痛感するのがいささか遅すぎたが。

「ヴァンパイア族の方々、どうかお許しを！　閣下がお詫びしたいと申し上げております！　お詫びの品も用意してございます！　どうかお話を！」

とモニカが叫びながら正門へ走り出た。その後を、ハイドランは追った。さらに二人の騎士が、そしてマルゴス伯爵の娘《むすめ》ルビアも追いかける。正門を出て目に飛び込んできたのはうずくまるヒロトたちだった。シルフェリスもミイラ族の娘もいる。そして眼鏡の男も――。

「相一郎殿《どの》でございますね！　執事のモニカでございます！　主人がお詫びをしたいと申し上げております！　わたくしからもこの通り、お詫び申し上げます！」

とモニカが相一郎に走り寄り、土下座した。ハイドランもモニカのすぐ隣《となり》に身を投げ出し、

「相一郎よ、許せ！　このわたしが悪かった！　わたしが間違《まち》っていた！　わたしが悪《あ》しきことをした！　そちに、してはならぬ無礼を働いた！　にもかかわらずわたしが傲慢《ごうまん》に振《ふ》る舞《ま》った！　どうかわたしを許せ！」

と膝を突いて頭を下げた。

シルフェリスが見ている？

屋敷の外？

そんなことを言っている場合ではなかった。きっとあのちび吸血鬼は、四回目の襲撃《しゅうげき》を企図《きと》しているのだ。早くせねば、屋敷が完全に破壊される。

ハイドランの後ろに二人の騎士が、そしてルビアが並んで土下座した。

「よくも相一郎を侮辱《ぶじょく》しやがったな！　土下座すべきは女の方だろうが！　なんで相一郎

を土下座させやがった！」

ヴァルキュリアが怒鳴《どな》る。

「わたしの至らなさだ！　マルゴス伯爵はわたしも知っている方だ！　その娘が打擲《ちょうちゃく》されたと聞いて、肩を持ってしまった！　伯爵の娘を叱責《しっせき》せねばならなかった！」

とハイドランは叫んだ。

「謝《あやま》りゃ済むって問題じゃないぞ！」

ヴァルキュリアの叫びに、

「こちらを！　どうか怒りをお納めに！」

とモニカが宝石箱を差し出した。ヴァルキュリアが箱を開く。中から出てきたのは、金色がかった真珠《しんじゅ》のネックレスだった。真珠の中でも非常に貴重なものだ。

ヴァルキュリアの目の色が、くるっと変わった。

「これも真珠か？」

と聞き返す。居丈高《いたけだか》な声の調子が変わっていた。

モニカが必死に訴《うった》えた。

「公爵家の家宝でございます！　こちらを相一郎殿にお贈《おく》りいたします！　お詫びの品として、どうかお受け取りくださいませ！」

4

相一郎は事の展開に戦《おのの》いていた。人生で最悪の屈辱を受けて、本当に爆発したかった。暴力を全開にして、手当《てあ》たり次第《しだい》破壊《はかい》したかった。抑《おさ》えきれたのが奇蹟《きせき》である。でも、朗読だけはできなかった。生まれて初めて、キュレレのお願いを突っぱねてしまった。拒絶した途端に胸が痛んだ。

キュレレはさぞかしがっかりしたに違《ちが》いない。がっかりさせたくなかった。悲しい顔をさせたくなかった。でも、とてもではないが朗読する気持ちにはなれなかった。

ところが、ヴァルキュリアが報復を言い出して、キュレレが飛び立っていったのだ。キュレレ、相一郎の仇取る！　と宣言して——。その後は——。

キュレレは最強であった。ヴァンパイア族最速の伝説は、なおも健在であった。何度もピュリス軍に剥《む》いたキュレレの牙《きば》が、今度はハイドラン公爵の屋敷に対して剥いていた。

屋根が吹っ飛ぶと、もっとやれ！　と相一郎は思った。いいざまだ。もっといけ。ぶっ壊せ！　おれを馬鹿《ばか》にしやがったやつの家なんか、めちゃめちゃになれ！

そこへ、女執事が走り出てきたのだ。ハイドランも出てきた。自分を無理矢理《むりやり》土下座させた二人の騎士も、そして自分に報復を誓《ちか》ったマルゴス伯爵の娘も――。そして驚いたことに、五人とも土下座したのである――王族と王族の執事が！　騎士と大貴族の令嬢《れいじょう》が！

今、目の前に差し出されているのは金色の真珠のネックレスだった。宝石に詳《くわ》しくない相一郎には、その価値がわからない。

受け取るのか？

拒絶するのか？

許す？

(でも、こいつらは、本当に悪いと思って来たわけじゃないぞ。キュレレに屋敷を壊されたから来ただけだぞ)

心の棘《とげ》は鋭《するど》く突き立っていた。

突っぱねよう。

そう思ったところで、

「お受け取りになるのが礼儀です。真珠は普通《ふつう》の贈り物ではありません」

とシルフェリスが斜め後《うし》ろから声を掛《か》けた。

断ろうと思っていただけに、相一郎は揺れた。動転した。頭には、まだ侮辱された怒りが残っている。屈辱が残っている。簡単に許したくない。けれども、副大司教は許せと言っている。

決めかねていると、シルフェリスが畳《たた》みかけた。

「ご自身には無用でしょうが、キュレレ姫《ひめ》に贈られては？」

キュレレ――。

朗読を断られて、もの凄《すご》くショックな顔をしていたことが思い出された。世界が終わったような、悲しい顔だった。あの顔を見た時、胸がズキンと痛んだ。キュレレを悲しませてしまった、失望させてしまった――。その痛みは、まだ残っている。にもかかわらず、キュレレは自分の仇を取ってくれた。

（キュレレにプレゼント……）

心の棘の先が、さらに丸まった。簡単に許したくないという意地、自分の尊厳を守りたいという意地は相変わらず強く残っていたが、キュレレのことで大きく心が動いた。

「受け取って、おれは器が違うんだって見せてやれよ。おまえの方が格上なんだ。度量を見せてやれ」

とヒロトも囁《ささや》いてみせた。それで、相一郎の心は決まった。相一郎は無言で箱を受け取った。

「ありがとうございます！　この通り、深くお詫び申し上げます！」

とモニカが頭を下げる。

「すまなかった！　許せ！　わたしが間違ったことをした！　そちを土下座させるべきではなかった！」

とハイドランももう一度頭を下げた。

「三人は相一郎に謝らないの？」

とヒロトが二人の騎士とマルゴス伯爵令嬢《はくしやくれいじよう》ルビアに声を掛けた。

「ご無礼をいたしました！　相一郎殿に、してはならぬことをいたしました！　どうかお許しを！」

「我《わ》が無礼をお許しください！　どうか寛大《かんだい》なご処置を！」

と騎士二人が叫び、

「相一郎様、どうかご無礼をお許しください！　わたくしは相一郎様に打擲されて当然のことをいたしました！」

とルビアが全力で叫んだ。

胸の中を、すっと爽快《そうかい》な空気が流れた。自分をいやな目に遭《あ》わせた者たちが、ことごとく頭を地につけて、自分に深く謝罪したのだ。最高に丁寧《ていねい》な、敬意を込めた言葉で――。

「――わかった。みんな許してやる」

相一郎が意図的に上から目線で応えた途端《とたん》、ヴァルキュリアが軽く空へと飛び上がった。

「キュレレ～～！　もういいぞ～～っ！　降りてこ～～い！」

大きな弧を描いて襲撃の機会を窺《うかが》っていたちび吸血鬼は、スピードを緩《ゆる》めてゆっくりと舞い降りてきた。まるで悪魔《あくま》の降臨であった。世界を破滅《はめつ》させた悪魔が、地上に君臨するために降下してきたような感じだった。キュレレは静かに、ゆっくりと降下して、相一郎のそばに着地した。もう三白眼ではなくなり、いつもの垂れ目に変わっていた。オーラも変わっている。不安そうに相一郎を見た。

まだ、相一郎は元気がないのかな。もう本を読んでくれないのかな。そんなことを考えていそうな顔で相一郎の顔を覗く。

「本？」

不安げに尋《たず》ねた。

読んでくれる？

そういう意味である。もうキュレレには読んでくれないの？　と泣きそうな色が、目の奥に見える。

申し訳ない気持ちと感謝の気持ち――慈《いつく》しみと愛《いと》しさが、相一郎の胸に込み上げた。相一郎に断られて大ショックだったはずなのに、キュレレは相一郎のためにハイドラン公爵の屋敷を破壊《はかい》し、敵討《かたきう》ちをしてくれたのだ。《キュレレ、相一郎の仇取る！》の言葉は、今も心に残っている。断る理由なんか、なかった。

「いいよ」

即答《そくとう》すると、キュレレが奇声《きせい》を上げて相一郎に抱《だ》きついてきた。

「相一郎、相一郎、相一郎……！」

何度も相一郎の名前をを呼ぶ。本を読んでもらえるのがうれしくてたまらないのだ。

（断ってごめんな）

胸の中で、相一郎は詫びた。もう、あんな悲しい顔をさせたくない。そう思ったところで、宝石のことを思い出した。

「そうだ。キュレレにいいものをあげる」

そう言うと、キュレレが顔を上げた。

「これ」

と相一郎は宝石箱を差し出した。キュレレが目をパチパチさせる。

「開けてごらん」

キュレレが一旦《いったん》相一郎から離《はな》れ、箱を開いた。途端に、キュレレの口が大きく開いた。声は出なかった。驚きがあまりに強すぎて、声が出なかったのだ。

「ハイドラン公爵がお詫びにって。おれがもらっても仕方がないから、キュレレにあげる」

ほきゅ～っ！　とキュレレが妙《みょう》な声を上げた。きゅ～っ！　きゅ～っ！　きゅ～～っ！

キュレレが奇声を発してはしゃぐ。うれしくて仕方がないのだ。デスギルドとゲゼルキアが真珠のネックレスをもらった時にも、キュレレは羨《うらや》ましそうに見ていたのだ。

「お姉ちゃんがつけてやろうか？」

ヴァルキュリアの言葉に、キュレレは大きくうなずいた。目が、頬が、もう輝《かがや》いている。双眸《そうぼう》が、ほっぺたが、喜悦《きえつ》のオーラを放っている。つい少し前まで屋敷を破壊しまくっていたのが嘘のようである。

ヴァルキュリアがキュレレの首にネックレスを掛けた。キュレレが下を向いた。自分でネックレスを持ち上げて確認《かくにん》し、また、ほきゅ～～っと妙な奇声を発する。

「相一郎！」

キュレレが抱きついてきた。

かわいい。

そして、うれしい。キュレレがよろこんでくれると、自分のこと以上にうれしい。この三年以上、ずっとキュレレと暮らしてきたのだ。そのキュレレがはしゃいでいる。

部屋に戻《もど》ったら、いっぱい本を読んでやろうと相一郎は思った。同時に、キュレレに朗読を頼まれても、もう二度と断らないでおこうと誓っていた。

# 第十六章　弾劾《だんがい》

## 1

ヒロトはシルフェリスとともに、レオニダス王に報告を済ませたところだった。王は別に怒りはしなかった。ただ枢密院《すうみついん》会議の開催《かいさい》を決定し、悔《くや》しがっただけだった。

「なぜおれを呼ばぬ！　叔父《おじ》の屋敷が壊れるところを見たかったぞ！」

相変わらず王は王だった。だが、ヒロトの気分は晴れなかった。

「このたびのこと、陛下を窮地《きゅうち》に追いやることになるかもしれません。きっと大貴族は反発します。自分とヴァンパイア族に処分を言い渡せと大合唱します。貴族会議を開いて――」

「ふざけるな。おれはおまえもヴァンパイア族も処分するつもりはない。大貴族どもには叫ばせておけ。おまえは馬鹿は放ってマギアとの問題を進めろ。会議が終わり次第《しだい》、すぐにルシニアへ行ってこい」

力強い一言に、ヒロトは一礼してシルフェリスとともに王の寝室《しんしつ》を出た。レオニダス王から処分はしないという言質《げんち》を得たにもかかわらず、気は重かった。ミミアと相一郎《そういちろう》の笑顔《えがお》を取り戻せたことは何よりの喜びだったが、それ以外となると渋《しぶ》い結果だった。おまえのおかげで恥《はじ》を掻《か》かずに済んだという公爵の安堵《あんど》した顔も、本当は見たかったのだ。だが、結果は真逆になってしまった。王族として人一倍プライドの高いハイドラン公爵は、今日の屈辱《くつじょく》を忘れないだろう。ヒロトとヴァンパイア族を目の敵にして、どんなヒロトの提案に対しても反対することになるだろう。何が何でもヒロトを失脚《しっきゃく》させ、宮殿《きゅうでん》から追放しようとするに違いない。そしてヴァンパイア族も首都に入れるなと主張することになるだろう。それに大貴族が便乗するのは目に見えている。ヴァンパイア族と公爵との関係が改善することは、恐《おそ》らく永遠にない。そしてヴァンパイア族と大貴族との関係も、悪化こそすれ改善することはない。

国防の楯《たて》に亀裂《きれつ》が入ることは防ぎたかった。ヴァンパイア族と公爵、ヴァンパイア族と大貴族の間に亀裂が入ることも防ぎたかった。だが、防げなかった。公爵は土壇場《どたんば》で謝ってくれたが、問題はまったく片づいていない。むしろ、これから始まると言うべきだ。「ヒロト&ヴァンパイア族」ＶＳ「公爵&大貴族」の問題が——衝突《しょうとつ》と軋轢《あつれき》が——これから始まるのだ。今日のことで公爵と大貴族は密接につながり、ヒロトとヴァンパイア族の影響《えいきょう》をこの国において低下させようとするに違いない。それはこの国の国防の楯を大きく揺《ゆ》さぶることになるだろう。それを防ぎたかったのだが——。

「わたしは結果に満足しております。悪が正されました」

とシルフェリスが言い放った。ヒロトは苦笑《くしょう》した。

(次、正されるのはおれかも。間違いなく、フィナスはおれを叩《たた》きのめしにかかる。枢密院会議でおれは糾弾《きゅうだん》される)

最悪、解任される？

大貴族で財務大臣のフィナスはそうしようとするだろう。レオニダス王はヒロトを処分しないと宣言したが、フィナスの提案に宰相《さいしょう》と大長老が同意すれば、ヒロトの首は吹《ふ》っ飛ぶことになる。

2

ヒロトの予想通りだった。ヒロトとシルフェリスが報告を済ませると、真っ先にフィナスが糾弾にかかったのだ。

「だからわたしはヴァンパイア族が王宮に来ることについて反対だったのです！　辺境伯《へんきょうはく》を枢密院に加えることにも！　こうなることは、ベルフェゴル侯爵《こうしゃく》もラスムス伯爵も、ここにいらっしゃらぬハイドラン公爵も懸念《けねん》されていたのです！　そしてその通りになった！　王族の屋敷が破壊されるなど言語道断、まさに国辱《こくじょく》です！　辺境伯には全責任を取っていただきますぞ！」

全責任を取る――つまり、辞任する、宮廷《きゅうてい》より去るという意味である。

（やっぱりそう来たか……）

ヒロトは心の中で乾《かわ》いた笑《え》みを浮かべた。予想通りの攻撃《こうげき》である。思い切り反撃《はんげき》してやりたいが、ヒロトは当事者である。ここでフィナスを攻撃すると、大貴族の間でのヒロトに対する反感をさらに増幅《ぞうふく》させてしまう。それは望まぬ結果をさらに望まぬものにしてしまうだろう。今は弁舌《べんぜつ》を封《ふう》じ込めるしかない。

（臥薪嘗胆《がしんしょうたん》か……）

ヒロトは故事成語を思い出した。沈黙《ちんもく》は金、雄弁は銀。今は雄弁を揮《ふる》わずに、耐《た》えるしかない。

自分も大貴族の一人だからか、フェルキナは難しい表情を浮かべていた。宰相パノプティコスと大法官と書記長官も同じ表情だ。二人とも大貴族である。きっとヒロトの弁護をするつもりはないだろう。

（味方は陛下ただ一人。あとは――）

そう思った時、一人が口を開いた。

「ヒロト殿《どの》が責任を取る必要はありません！　外交使節が迫《せま》る今、ヒロト殿を辞任させてどうするのです⁉　ピュリスを喜ばせることをしてどうするのです⁉　フィナス殿はヒロト殿憎しの思いから責任をすり替《か》えなさっています！」

ヒロトは驚《おどろ》いてラケル姫を見た。

（え？　ラケル姫がおれに味方した……⁉）

予想外の展開である。

「北ピュリスの姫君《ひめぎみ》とは思えぬ発言ですな。全責任は辺境伯にあるのですぞ⁉　本来なら、辺境伯がヴァンパイア族の手綱《たづな》をしっかり握《にぎ》っておかねばならなかったのです！　辺境伯以外に、誰《だれ》がヴァンパイア族を御《ぎょ》すというのです⁉　公爵《こうしゃく》閣下の屋敷が破壊されたのは、すべて辺境伯がヴァンパイア族の手綱を握っていなかったからです！　その責任は厳しく糾弾されるべきです！」

とフィナスも厳しい声でやり返す。

「糾弾されるべきは、罰《ばっ》するべきではない者を罰してヴァンパイア族の怒りを招いた、公爵閣下ご本人です！」

ラケル姫は真実に切り込んだ。

（え～っ！　それ言っちゃう!?　その通りだけど、反撃されるぞ！）

予想通り、フィナスはむっとして突っ込んできた。

「この国にお世話になりながら、この国の王族を批判なさるのですか!?　なんという恩知らず」

ラケル姫は目を吊《つ》り上げ、自分を侮辱したフィナスを睨《にら》んだ。怒《おこ》っていても、ラケル姫は美しかった。だが、見とれている場合ではなかった。ヒロトに味方した姫が、あらぬ攻撃を受けたのだ。

このたびの事件はヒロトが絡《から》んでいる。ヒロトが積極的に発言すると、ただの弁明に取られてしまう。それゆえ、静観して発言を控《ひか》えるつもりでいたが、作戦変更《へんこう》だった。ラケル姫はヒロトをかばってくれたのだ。今度はヒロトの番だ。

「恩知らずとは、姫君に失礼です」

ヒロトがフィナスに突っ込むと、フィナスは目を剥いて罵倒《ばとう》を浴びせてきた。

「辺境伯が護衛とうそぶいて公爵の屋敷に行く方が失礼ではないか！　そもそも、謝罪を強制された程度で屋敷を壊す方が失礼の度を越《こ》している！　口では制止したと言うておるが、実際はヴァンパイア族を唆《そそのか》して公爵の屋敷を破壊させたのであろう！」

ヒロトはフィナスを睨みつけた。

（何だと、この男……！）

ヒロトはさらに全面攻撃に出ようとした。だが、先手がいた。シルフェリスがヒロトに先んじて冷水を浴びせたのだ。

「フィナス殿は事実を枉《ま》げぬように。ヒロト殿は、ヴァルキュリア殿に部屋で待っているように申しつけています。自分とわたくしシルフェリスが解決するから、部屋で待っていてくれと。公爵にも、ヴァンパイア族の怒りを招くゆえ、相一郎殿に誠意の言葉を向けるように忠言されています。耳を傾けなかったのはハイドラン公爵です。耳を傾けずに災《わざわ》いを招いたのは、忠告したヒロト殿のせいだとおっしゃるおつもりですか⁉」

シルフェリスの反論に、ヒロトは心の中で快哉《かいさい》を叫《さけ》んだ。

（グッジョブ、シルフェリス殿！）

シルフェリスとの出会いは、正直最悪だった。胸に見とれてしまってそのことを咎《とが》められ、犬猿《けんえん》の仲になってしまったのだ。だが、国王推薦会議の辺りから風向きが変わった。シルフェリスは敵に回すととても厭味《いやみ》な相手だが、味方になると心強い存在だった。

だが、負けじとフィナスは吠《ほ》えた。

「王族の屋敷が破壊されるなど、決してあってはならぬことです！　それを防げなかったのは、他《ほか》ならぬ辺境伯の責任です！　辺境伯がヴァンパイア族を宮殿へ入れたから、ヴァンパイア族を御せなかったからこのようなことが起きたのです！」

「叔父が馬鹿を踏《ふ》んだからだろうが」

とレオニダス王が冷たく突っ込んだ。ヒロトは思わず吹きそうになった。王子時代からくり返し波乱を呼んできた王の毒舌《どくぜつ》だったが、今ほどうれしく感じたことはなかった。

「なんてことをおっしゃるのですか！」

激昂《げきこう》するフィナスに、

「その通りではないか」

と同意したのは大長老ユニヴェステルである。

（味方が増えた！）

ユニヴェステルがつづける。

「災いの原因はすべてマルゴス伯爵の令嬢とハイドラン公爵だ。マルゴス伯爵令嬢の行為《こうい》は、到底《とうてい》、人の上に立つ者がするべきものではない。公爵の行為も同じだ。公爵はマルゴス伯爵令嬢をたしなめねばならなかったのだ。宮殿の振る舞い方を教えると言うのなら、ス伯爵令嬢にこそ教えるべきだったのだ。それを、振る舞い方を教えようとしたなどとうそぶいて、非を正そうとした者を逆に謝罪させるなど、王族がすることではない。しかも、忠告がありながら聞かなかったとは、どこに弁護の余地があるのか？」

「たとえ女官であれ、マルゴス伯爵の令嬢を打擲することなどなりません！」

とフィナスがユニヴェステルに返す。

「だから叔父が馬鹿なのだ。あのキュレレというちびは、眼鏡に懐《なつ》きまくっているのだぞ⁉ その眼鏡に恥辱《ちじょく》を味わわせて、ただで済むと思うこと自体が馬鹿なのだ。その馬鹿をかばうおまえも馬鹿だ」

とレオニダス王が毒舌を吐《は》いた。

（陛下、グッジョブ！　馬鹿をかばうおまえも馬鹿だとは至言です！）

ヒロトは親指を立てて合図を送りたくなった。もちろん、不謹慎《ふきんしん》なので送らない。

「わ、わたくしを馬鹿とは――」

フィナスが口をふるわせると、

「馬鹿ではないか。おまけにラケルを恩知らず扱《あつか》いしおって。大馬鹿者《ばかもの》の無礼者だ」

とさらにレオニダス王が突っ込む。ラケル姫が驚いてレオニダス王を見た。まさか、自分を弁護してもらえるとは思ってもみなかったのだろう。驚嘆《きょうたん》と尊敬の色が、ラケル姫の双眸に浮かんでいる。

今日のレオニダス王は、今までの中で最高だった。妄言《もうげん》を垂れる家臣に暴言で突っ込みまくる王ほど、すばらしい姿はない。

「法的には問題はないのですかな？　ここは我らヒュブリデ人の国。ヒュブリデの法に従うのが規則。王族の屋敷《やしき》を破壊することは許されてはおりません。いくら国防への寄与《きよ》があるとはいえ、ヒュブリデにあってはヒュブリデの法を尊重するのが外国人の務め。ヒュブリデにあってヒュブリデの法を尊重しなかった罪は、問われるべきなのでは？」

と大法官が恐る恐る突っ込んだ。

（うぐっ。痛いところを衝《つ》かれた……）

ヒロトは心の中で唸《うな》った。ブルゴール伯爵《はくしゃく》殺害の時と同じだった。ヒロトが元いた世界では、属地主義と言う。どこの国の者であれ、犯罪を犯《おか》した場合は今自分が滞在《たいざい》している国の法律で裁かれるというものだ。属地主義では、ヴァンパイア族はヒュブリデ滞在中はヒュブリデの法で裁かれることになる。だが、ヴァンパイア族に属地主義の考え方はない。ヴァンパイア族は、たとえ異国であろうとも、ヴァンパイア族の法を優先させて裁くところがある。専門的に言うと属人主義になるのだろう。ヴァンパイア族と付き合うとはそういうことなのだが、そこを衝かれると痛い。

我が意を得たりとばかりにフィナスが大声で応じた。

「大法官のおっしゃる通りです！　これは確実に王族に対する殺害行為です！　確かエルフ大法典第一〇二条によれば、王及《およ》び王族に対して殺害を企《くわだ》てた者も殺害を犯した者も、ともに死刑《しけい》と決まっておったはずですな！　死刑が妥当《だとう》です！」

「そうなれば、我が国《くに》は空の楯を失って他国に軽《かろ》んじられることになりましょうな」

とすかさずパノプティコスが反対する。大貴族ゆえに沈黙を通すつもりだったのだろうが、さすがに黙《だま》っていられなくなったらしい。

ヒュブリデ王国の法令では、王や王族を殺害しようとした者、殺害した者は処刑《しょけい》されることになっている。相手が外国人の場合、国王の判断によって処刑以外の刑罰《けいばつ》――賠償金《ばいしょうきん》の支払《しはら》いと追放――を科すことができるようになっているが、もしキュレレの攻撃が殺害行為だと認定《にんてい》されてしまえば、キュレレは追放されてしまう。それがどれだけヴァンパイア族との協力関係を損《そこ》なうかは、フィナスもわかっているはずだ。だが、フィナスは止まらなかった。

「例外は一切《いっさい》ございません！　王族の屋敷を破壊したということは、王族の命を狙《ねら》ったも同じ！　それを裁かずして、我が国の国威《こくい》は保てませんぞ！　我が国は吸血鬼《きゅうけつき》に舐《な》められておるのです！　今厳しく処さずして、レオニダス王の威《い》も維持《いじ》できませんぞ！」

と大声で叫ぶ。すぐにパノプティコスが反論する。

「ヴァンパイア族との関係を悪化させる方が、陛下の威を大いに損なうことになる。エルフ大法典第一〇五条には、外国の王族や貴族が王及び王族に対して暴力を振るった場合、王の判断が最終判断となると記されている。このたびのことは、殺害ではなく暴力行為として解釈《かいしゃく》するのが妥当であろう。その上で陛下の采配《さいはい》を伺《うかが》うのが常道」

もちろん、フィナスは黙ってはいない。

「ブルゴール伯爵の時と同じとはいきませんぞ！　このたびは大貴族ではなく、王族が殺害の対象となったのです！　運良く一命を取り留められましたが、もしこれで公爵閣下が命を失くされていればどうなったか！　まったく不問というわけにはいきませんぞ！」

「おれは問題にするつもりはないぞ」

とレオニダス王が言い切った。

「王族が命を狙われたのですぞ！」

とまたフィナスが叫ぶ。

「馬鹿なことをやってしっぺ返しを喰《く》らっただけだろうが！　それでヴァンパイア族に抗《こう》議《ぎ》して、国防の楯をぶっ壊すつもりか！　そんなに国の楯を奪《うば》っておれの国をぼろぼろにしたいのか！　おまえはどこの国の味方だ！　ピュリスの回し者か！」

とレオニダス王が吠える。フィナスが怒った。

「わたくしは陛下と国のためを思うて申し上げておるのです！　それをピュリスの回し者など――」

「回し者ではないか！　おまえは、あのちびは殺人者だ、処刑が妥当だと言うておるではないか！　それでヴァンパイア族が我らに協力するか！　今まで築いてきた関係が全部ぶっ飛ぶぞ！　我が国は永遠に空の楯を失うぞ！　それでピュリスに勝てるか！　言ってみろ！　今ピュリスに抗《こう》しているのは、ヴァンパイア族がいるからだろうが！　それをおまえは全部ぶっ飛ばせと言うのか！　それでもおまえはおれの家臣か！　臣従礼でおれに尽《つ》くすと誓ったのは嘘か！」

レオニダス王怒りの反論に、フィナスはさすがに沈黙した。正論の中の正論に、ぐうの音が出なかったのだ。

「陛下のおっしゃる通りだ」

とユニヴェステルがすかさず同意した。それが、大きく流れを変えた。

「わたしも同感でございます。公爵閣下にはご同情申し上げますが、ここは我が国のために耐えていただくしかございません」

とパノプティコスも同意する。

「わたくしもです」

とラケル姫がつづき、

「わたしも陛下と大長老閣下に同意です。公爵閣下を責めるつもりはございませんが、外交使節が迫る今、国の楯を失うわけにはまいりません」

　とフェルキナもつづく。シルフェリスも口を開いた。

「わたくしは国防について申し上げませんが、そもそも、精霊《せいれい》の呪《のろ》いを起こしかねない重大な罪を犯した者をかばうという、王族にあってはならぬことをされたのは、公爵閣下です。その罪を問わず、公爵を罰した者の罪を問うのは、本末転倒《ほんまつてんとう》。ヴァンパイア族が屋敷を破壊したのは、精霊様がヴァンパイア族の力を借りて閣下を叱責なさったのだとわたくしは理解しております。閣下をかばう者も、同じく精霊様のお叱《しか》りを受けることになりましょう」

　再びの、明確な公爵批判だった。同時に、フィナスへの批判でもあった。その中に、ヒロトへの批判はない。ヴァンパイア族への批判もない。

　大法官は沈黙していた。書記長官も黙っている。二人とも反論するつもりはないらしい。フィナスも、一転しておし黙ったままである。

　大勢は決していた。王も大長老も副大司教も、公爵を批判している。そして、ヒロトを批判していない。ヒロトの責任追及《ついきゅう》は不可能な状態だ。

（なんとか逃《のが》れたか……？）

　様子を窺っていると、

「ヴァルキュリアはまだ怒っているのか？」

　とレオニダス王がヒロトに質問を向けてきた。

「今はもう怒っていません。でも、仮にハイドラン公爵がアグニカを救うために出撃《しゅつげき》をお願いされたとしたら、ヴァルキュリアは絶対受けないと思います。公爵の願いなら、絶対聞かないと言うと思います。キュレレ姫も姉に従うでしょう。でも、心配なのはゼルディス殿の方です。ゼルディス殿は、相一郎をとても気に入っています。間違いなく、怒ります」

「大馬鹿者め。せっかくおれがヴァンパイア族に真珠を贈ってやったというのに、ふいにしおって」

　とまたレオニダス王が毒舌を放つ。またしてもグッジョブだった。さすがに王に反論する者はいない。

「ゼルディス殿には、わしの方から使いを送ろう。先にご説明申し上げた方がよかろう」

　とユニヴェステルが申し出てくれた。ありがたい申し出だった。ヴァンパイア族はエルフを尊敬している。人間が説明するよりもエルフが説明する方が、ゼルディスも納得《なっとく》してくれるだろう。

「大長老閣下から言葉をいただければ、ゼルディス殿も納得されましょう」

とヒロトは同意した。

（ついでにキュレレの手紙もつけたら最高かな……？）

フィナスはあきらめたように席に身体を預けた。終幕だった。だが、取り敢えずの終幕でしかなかった。この場での糾弾が終わったにすぎない。場所を変え、メンバーを変更しての糾弾は、これから始まるに違いない。ヒロトとヴァンパイア族への、大貴族たちのバッシングが始まるのだ。

レオニダス王が、幕引きに出た。

「改めて言っておくぞ。おれはヒロトを処分するつもりは一切ない。ヴァンパイア族を処《しょ》罰《ばつ》するつもりも、枷《かせ》を嵌《は》めるつもりも一切ない。もちろん、ヴァンパイア族の宮殿の出入りを禁止するつもりもない。叔父が馬鹿な真似《まね》をした。ただそれだけだ。マルゴスの娘《むすめ》には、一カ月謹慎《きんしん》を申しつけておけ」

# あとがき

一年ぶりです。このあとがきを読んでくださっている方は、間違いなく慈悲深き神様です。もっと早く出せよ、おれ!

実は『巨乳ファンタジー4』のシナリオを書いてました。その量、三・四MB。ラノベがだいたい一冊二百〜三百KBなので、その十倍です。エロゲーの仕事をする前から城主十八巻には取りかかっていたのですが、プロットが……。

A案、完成後に自分で没。

B案、完成後に自分で没。

C案、完成後に自分で没。

D案、完成後に自分で没。

結局自分でOKを出したのはE案でした。当初、十八巻で名前だけ出てくるグドルーン伯を軸に据えて貿易関係の話を書こうとしてたんですが、十七巻のつづきとしては無理でした……。

そんなこんなで十八巻を書き出したのですが、

「今回、五百頁とかいかないですよね？」

編集さんに聞かれて、まさかそんなことはねえだろ、ぐはははは……。すみません。プロットの厚さで気づくべきでした。六百六十頁になっちゃいました。分冊決定です。キリのいい二百六十頁で分冊して、五月一日に十九巻を出します。二百六十頁って、めっちゃ久しぶりだよ。二巻以来？　少ないとゲラが楽だなあ（笑）。

というわけで、新型コロナの中の十八巻です。新型コロナで騒ぎだした時に十七巻で、真っ最中に十八巻……。すっかり新型コロナの世界になっちゃいましたね。ぼくも身内を新型コロナで亡くしました。コロナ騒動真っ最中だったので、お通夜もお葬式もありませんでした。とても情愛深い優しい方だっただけに、衝撃と喪失感が……。

城主シリーズはペストをモデルにした疫病が流行して人口が激減、町が機能しなくなった世界での物語です。中世ヨーロッパは、実際には衛生的にはとても汚い世界だったんですが、ペストへの対策が生政治のモデルになったと言われています。

生政治？　なんだよ、それ。性政治ではないよ。生政治だよ。

近代以前の君主国家では、王が生殺与奪権を握っていました。罪を犯した臣民に対して生かすか死なせる（殺す）かは、王が握っていたのです。実際に裁判で死刑が出された後、王に対して減刑の嘆願が出されて死刑が撤回、減刑されるというのは珍しくなかったようです。近代以前の君主国家では、君主の権利は死をめぐって成り立っていたんですね。

ところが近代以降の国家は死の決定権（生殺与奪権）を軸に据えるのではなく、どのようによき生を歩ませるかに変わるんですね。よき生を歩ませるために学校や監獄や工場で規律を叩き込む。公衆衛生を改善し、出生率を管理する。死ではなく生に軸がシフトするわけです。このように、生を軸に据えた政治のことを生政治と言います。

外出するな。遠くに行くな。あまり人と会うな。新型コロナの中でぼくらは生政治をもろに経験しているわけです。今回の内容とは全然関係ないんですが、城主を書きながら、哲学者ミシェル・フーコーが唱えた生政治のことをぼんやりと考えていました。

というわけで謝辞です。ごばん先生、いつもステキなイラストをありがとうございます！編集さん、今回もほんっとうにありがとうございました！　そして神吉さん、コミック版城主六巻発売おめでとうございます！

では、最後にお決まりの文句を！

じ〰〰〰〰〰〰〰〰〰〰〰〰〰〰〰〰〰く・ぽいん!!

鏡裕之

HJ文庫 913 http://www.hobbyjapan.co.jp/hjbunko/

# 高1ですが異世界で城主はじめました18

2021年3月1日　初版発行

著者——鏡 裕之

発行者—松下大介
発行所—株式会社ホビージャパン

〒151-0053
東京都渋谷区代々木2-15-8
電話　03(5304)7604（編集）
　　　03(5304)9112（営業）

印刷所——大日本印刷株式会社

装丁——木村デザイン・ラボ／株式会社エストール



Printed in Japan

ISBN978-4-7986-2263-7　C0193

## 落ちこぼれ魔法使い、実は支配の魔王の転生体!?

# エロティカル・ウィザードと12人の花嫁

著者／太陽ひかる　イラスト／真早（RED FLAGSHIP）

東京魔法学校に通う一ノ瀬隼平はろくに魔法が使えない落ちこぼれ。美しき魔女・メリルと出会い、隼平は自分が“エロ魔法”を極めた魔王の転生体だと知る!!　しかし、勇者の末裔・ソニアにばれてしまい——!!底辺からエロ魔法で成り上がる、ハーレム学園バトル、開幕!

## シリーズ既刊好評発売中

エロティカル・ウィザードと12人の花嫁 1

**最新巻** エロティカル・ウィザードと12人の花嫁 2

HJ文庫毎月1日発売　発行：株式会社ホビージャパン